그여성향게임은우리에게가혹한세계입니다 04

미시마 요무

일러스트 / 토오이 모게

캐릭터 디자인 / 몬다

"패버린다, 변태 자식아."

"자 그럼, 위병들이 달려올 때까지
시간 벌이가 필요하군.
거기 무례한 놈, 뭔가 계책이 있다면
진언을 허락한다."

나는 두 눈을 크게 뜨고
디어드리 선배의 모습을
뇌에 새기고 있었다.

그 때문에
알아차리는 게 늦었는데,
이미 마리에가 치켜올린 주먹을
내 복부를 향해
꽂아 넣으려 하고 있었다——.

디어드리 포우 로즈블레이드

그 여성향 게임은 우리에게 가혹한 세계입니다

04

CONTENTS

THAT OTOME GAMES IS

A TOUGH WORLD FOR US.☆

프롤로그

판오스 공국의 왕성에서 공주 전하인 자매만 모인 자리였다.

아침 식사를 끝낸 뒤라, 이제부터 공무나 수업이 시작된다.

두 사람한테는 잠깐뿐인 귀중한 휴식 시간이었다.

창밖에는 무거운 분위기의 회색 구름이 펼쳐져 있다.

방에는 난로가 있어서 따뜻하기에 유리창은 온도 차이로 하얗게 부예져 있었다.

난로에서 때때로 장작이 터지는 소리가 들려왔다.

두 사람의 소중한 휴식 시간에, 여동생인【헤르트라위다 세라 판오스】가 시중을 들어 주는 사람들을 방에서 내보냈다.

언니인【헤르트뤼더 세라 판오스】는 라위다의 갑작스러운 행동에 조금 놀라고 있었다.

"아침부터 무슨 일이야, 라위다? 사용인들을 내보내고 둘이 이야기를 하고 싶다니."

라위다는 문으로 사용인이 들어오지 않는지 경계하면서, 뤼더와 둘만 있게 되었다며 안심하고 중요한 이야기를 꺼냈다.

"언니, 들어 주세요. 저희가 모르는 공국의 역사가 있어요."

"역사? 무슨 말을 하는 거야, 라위다?"

곤혹스러워하는 뤼더에게, 라위다는 자기가 알게 된 공국 역사에 관해 이야기하기 시작했다.

"저희는 속고 있었던 거예요. 아니, 저희한테 모든 걸 알려주지는 않고 있었어요. 공국과 왕국 사이에는 저희가 모르는 역사가 있었던 거예요."

판오스 공국은 호르파트 왕국과의 사이에 깊은 악연이 존재한다.

양국 왕가는 원래 피를 나눈 사이였지만, 악연이 깊어져 분열되고 만 과거가 있다.

호르파트 왕국에서 독립한 것이 판오스 공국이다.

그리고 라위다도 뤼더도, 독립한 건 왕국에 잘못이 있기 때문이라고 배워 왔다.

부모인 공왕과 왕비를 사고로 잃고 나서, 주위 사람들한테서 호르파트 왕국은 피도 눈물도 없는 적국이다, 라고.

라위다도 호르파트 왕국을 증오스럽게 생각하고 있었다.

20년 전에 판오스 공국에 쳐들어와, 온갖 악한 짓을 저질렀다고 들었기 때문이다.

당시의 호르파트 왕국은 판오스 공국 영내에서 제멋대로 행패를 부리고 있었다.

그건 사실일 것이다.

하지만 라위다는 알고 말았다.

검은색투성이 옷을 입은 침입자 2인조가 마술 피리를 가지고 가버린 날, 진짜 역사를 알고 싶다면 서고를 지키는 노인을 찾아가라고 침입자는 말했다.

라위다는 반신반의했지만, 찾아가 봤더니 공국과 왕국 사이에 무슨 일이 일어났는지 정말 알 수 있었다.

자기들이 지금까지 믿고 있었던 건 공국에 유리한 부분뿐.

공국의 악행은 무엇 하나 가르치지 않았다.

라위다는 서고를 지키는 노인한테서 빌린 책을 뤼더한테 건네고는 읽도록 말했다.

"여기에 모든 진실이 기록되어 있어요. 과거를 아는 사람 몇이 진실을 이야기해 주었습니다. 그들은 모든 책임이 왕국에 있다고 생각하지 않았어요."

충격이었다.

지금까지 배운 역사가 공국에 유리하도록 편향적으로 만들어진 이야기였다고는 상상조차 하지 못했기 때문이다.

'몹시 충격적인 진실이지만, 우리는 왕족── 진실과 마주해야 해. 왕성에는 역사를 조작하여 우리를 이용하려는 자들이 있어. 이들을 더는 용납해서는 안 돼.'

어리지만 왕족으로서의 책무를 다할 생각인 라위다는 언니에게 이 진실을 공유했다.

언니와 함께 싸우고 싶었다.

뤼더는 무표정한 얼굴로 페이지를 팔락팔락 넘기더니 작게 한숨을 내쉬었다.

"어쩜 어리석은⋯⋯."

차갑게 내뱉는 뤼더.

라위다는 언니도 진실을 알고 분개하는 줄 알았다.

"네, 정말로 어리석은 이야기예요. 곧바로 멈춰야──."

언니의 협력을 얻었다고 생각했으나, 뤼더의 험악한 시선은 라위다를 향했다.

"내가 어리석다고 말한 건, 너야…… 헤르트라위다."

"──네?"

라위다라고 애칭으로 부르지 않은 뤼더는 문을 향해 큰 목소리로 사용인을 불렀다.

"이야기는 끝났어. 들어와."

"어, 언니?!"

중요한 이야기를 하기 위해 사용인들을 방에서 내보냈는데, 뤼더는 하찮다는 듯한 반응이었다.

"정말로 시답잖구나. 이딴 걸 믿다니."

뤼더는 난로에 책을 던져 넣었다.

라위다는 불 속으로 손을 뻗으려 했지만, 뤼더에게 제지당했다. 팔을 붙잡힌 라위다가 울부짖었다.

"안 돼! 중요한 책이야! 진짜 역사가!"

불 속으로 뛰어들려고 하는 라위다를 뤼더는 차가운 눈으로 보고 있었다.

"적당히 해."

문을 열고 들어 온 사용인들이 두 사람의 모습을 보고 놀라서 눈을 휘둥그레 떴다.

"고, 공주님?!"

메이드장의 걱정스러운 듯한 반응도 아랑곳 않고 뤼더는 라위다를 밀쳤다.

사용인들이 깜짝 놀라 엉덩방아를 찧은 라위다 곁으로 모여들었다.

뤼더가 내뱉었다.

"우리가 배운 역사가 진실이야. 거짓된 말에 계속 현혹된다면, 헤르트라위다── 너와 가족의 연을 끊겠어."

찰랑찰랑 길고 검은 머리카락을 나풀거리며, 뤼더는 뒤도 돌아보지 않고 방에서 나갔다.

라위다는 언니한테 버림받은 것이 슬퍼서, 주저앉은 채 울기 시작했다.

"어째서…… 어째서 믿지 않는 거야, 언니."

판오스 공국 왕성에는 백작인 게라트를 위해 마련된 개인실이 있다.

평소 정무를 보는 집무실과는 다르게 호사스러운 방으로, 가구가 전부 고급이다.

벽에는 게라트가 사냥한 짐승들의 박제도 장식되어 있다.

게라트는 책상에 거울을 두고, 자랑거리인 카이저수염을 손질하고 있었다.

그가 매일 빠뜨리지 않고 하는 일이다.

고열로 일을 할 수 없을 때도 손질만큼은 빠뜨리지 않았다고 자랑했을 만큼 정성을 쏟는 수염이었다.

"무후후, 오늘도 제 수염은 완벽하군요~."

그의 곁에는 수염 손질을 위한 도구가 여럿 놓여 있었다.

도구들을 조심스럽게 상자에 넣고는, 책상 서랍에 수납했다.

일을 대충 할지언정, 수염 손질만큼은 빠뜨리지 않는다.

그는 만족스러운 듯이 자리에서 일어났다.

"자, 그러면 오늘의 일을 시작하지요."

책상 위에 놓여 있는 건 외국에 파견한 밀정들한테서 온 보고서다.

게라트는 오른손으로 수염을 매만지다시피 당기며, 왼손으로 보고서를 손에 들고 읽기 시작했다.

"공국이 지닌 비장의 수를 잃은 건 큰 타격이었어요. 여차하면 어느 한쪽을 제물로 삼아 전쟁할 생각이었는데 말이지요."

게라트는 마술 피리의 비밀을 아는 인물이다.

마술 피리는 공국에 오래전부터 전해 내려온 물건으로, 불기만 하면 수만 마리에 이르는 몬스터를 조종할 수 있다.

심지어 마술 피리 사용자의 목숨을 희생하면 거대한 몬스터도 소환할 수 있다.

왕국에서 독립한 공국은 과거 딱 한 차례, 타국의 공격을 받은 적이 있다.

당시 공국은 거대 몬스터를 소환했고, 몬스터는 적국의 비행 함대를 괴멸시킬 때까지 계속 움직였다.

거대 몬스터는 한차례 적의 집중포화를 맞고 쓰러졌으나, 곧장 아무렇지 않게 부활하여 기어코 모든 명령을 완수했다.

당시에 마술 피리를 불었던 왕족의 목숨도 그 순간에 끊어졌다고 한다.

그런 이유로, 이 일화를 기록한 문헌에는 '나라의 존망이 걸린 싸움이 아니라면, 사용을 엄격히 금한다'라는 당시 공왕의 명령이 적혀 있다.

하지만 게라트에게는 상관없는 이야기였다.

게라트에게 왕족을 향한 충성심은 없다.

"목숨 하나 희생하는 걸로 막대한 전과를 올릴 수 있는 귀중한 병기였는데, 아쉽게 됐군요."

게라트에게 공주 전하 자매는 강력한 병기의 잔탄일 뿐이었다.

둘 중 하나는 없어도 문제 될 게 없으니까.

그런데, 얼마 전에 그 귀중한 마술 피리를 탈취당하는 사건이 일어났다.

그 탓에 게라트는 요전까지 우왕좌왕하고 있었다.

"뭐, 이미 없어진 건 어쩔 수 없지요. 지금은 눈앞의 현실과 마주하는 게 우선입니다."

자못 대인배처럼 중얼거렸지만, 사실 게라트는 불과 얼마 전까지만 해도 길길이 날뛰며 화풀이를 해댔다.

그나마 아무렇지 않은 척하는 지금조차, 게라트는 소인배티를 완전히 벗어내지 못했다.

그는 보고서를 책상에 되돌리고 편지를 손에 들었다.

분노에 찬 게라트를 진정시킨 게 바로 이 편지였다.

편지에는 호르파트 왕국의 소식이 담겨있었다.

"왕국 상황이 제법 재미있게 돌아가고 있군요. 지금이야 연기만 나는 정도지만—— 머잖아 큰 불씨가 될지도 모르겠어요. 흠, 실로 기대되는군요."

게라트는 자랑거리인 수염을 손가락으로 집으면서, 편지에 키스했다.

제01화 「식사 모임」

동기 휴가가 막바지로 접어들면서, 신학기가 코앞으로 다가온 시점.

그 여성향 게임에 전생한 나【리온 포우 발트파르트】는 '구 오플리 백작령'에서 동기 휴가를 보내고 있었다.

이곳이 '구 오플리 백작령'인 이유는 얼마 전에 '발트파르트 자작가'의 영지가 되었기 때문이다.

덕분에 영내 통치를 위한 새로운 체제를 준비하느라, 영지는 바쁘게 돌아가고 있었다.

호르파트 왕국에 영지를 지닌 귀족은 크게 나누어 두 종류다.

왕국의 수도가 있는 대륙에 영지를 지닌 본토 영주이거나, 내 본가인 발트파르트 남작가처럼 독립한 부유섬을 지닌 지방 영주이거나.

전자는 본토에 자리한 만큼 인프라를 비롯한 이점이 많지만, 인접한 영주 귀족과 충돌하기 쉽다.

후자는 부유섬 단위로 통치하는 게 대부분이라 영토간의 충돌은 그리 많지 않다.

발트파르트 자작가의 경우는 후자로, 부유섬을 영지로 받아 신생한 신흥 귀족이다.

다만 이곳은 여타 신흥 귀족과는 사정이 다르다. 뒷배가 되는 영주 귀족이 붙어 있기 때문이다.

발트파르트 가문에서는 내 형인 【닉스 포우 발트파르트】가.

손을 잡은 로즈블레이드 가문에서는 【도로테아 포우 로즈블레이드】가.

양가에서 사람을 보내서 만든, 혈연과 역사가 있는 신흥 자작가다.

다른 귀족들이 속으로 신참이라고 무시할지는 모르나, 역사와 전통과 힘이 있는 로즈블레이드 백작가가 뒤에 붙어 있는 이상, 겉으로 드러내 놓고 얕보는 귀족은 거의 없을 것이다. 실제로 사교계에서도 수용하는 분위기라고 하고.

사실 나도 자세한 건 모른다. 형의 혼사로 친척이 된 학원 선배, 【디어드리 포우 로즈블레이드】가 휴가 중에 해준 이야기를 들었을 뿐이다.

처음 들었을 때는 정말이지 귀족 사회다운 이야기구나 싶었을 만큼 어처구니가 없었다.

뭐, 어쨌든.

그런 경위로 구 오플리 백작령은 새로운 발트파르트 자작가가 통치하게 되었다.

그 영지의 주인이 되는 닉스는 한창 바빠서 여유가 없을 터. 그러나 소박한 토지에서 자랐기 때문에 가족을 생각하는 마음이 두터운 건지, 바쁜 중에도 나와 내 약혼자인 【마리에 포우 라판】을 저녁 식사에 초대했다.

원래도 성격이 좋은 편이었지만, 나는 형이 조금 걱정되었다.

"이 바쁜 때에 우리를 초대해서 저녁 식사를 하고 있어도 괜찮은 거야? 한 번이라도 더 영내 유력자와 저녁을 먹는 편이 여러모로 유리하지 않을까?"

닉스의 입장이라면 유력자를 초대하여 저녁 식사 모임을 열어 이야기를 나누는 편이 의미 있는 시간을 보낼 수 있을 터다.

구 오플리령에서 신 발트파르트령으로 바뀌었다고 해서 영민들까지 전부 바뀌는 건 아니다.

새로운 영주인 닉스한테 불안을 품는 영민들도 많을 터.

유력자들을 통해 미리 관계를 개선해야 한다.

이러한 처세술이 학원에서 상급 클래스 학생들이 배우는 내용이다.

시험 말고는 영영 쓸 일이 없을 줄 알았던 지식이었는데. 설마 형 앞에서 이런 말을 내가 늘어놓는 순간이 올 줄은 상상도 못 했다.

나의 감사한 훈화를 듣고 닉스는 웃음을 흘렸다.

"보통 클래스 출신인 나와 달리 상급 클래스에서 영내 관리에 관해 배운 동생은 말부터 다르군."

어라? 말에 가시가 있네.

나는 시선을 피하며 겉꾸린 미소로 대답했다.

"그렇지? 더 의지해도 괜찮은데?"

촐랑거리며 어깨를 으쓱이자, 닉스가 다시 메마른 웃음소리를 냈다.

"동감이야. 그래서 말인데, 아무리 생각해도 이 자리는 네게 더 걸맞는 것 같아. 어때? 지금이라도 네가 자작이 될래?"

"아니, 사양할게. 나 같은 놈이 자작이라니, 형님을 두고 어찌 감히."

형을 체면을 세우고, 동생은 얌전히 물러나려고 했건만, 이 형은 포기할 줄을 몰랐다.

"하하, 형을 팔아넘긴 녀석이 할 소리가 아닌걸?"

"팔아넘기다니, 누가 들으면 오해하겠네~. 나는 형의 행복을 생각한 것뿐이라고."

"입에 침이나 바르고 말해라!"

아무래도 내 상냥함이 닉스에게 전해지지 않은 모양이다.

나를 대신해서 출세시켜 줬는데, 너무하네.

"솔직히 자작 지위가 무슨 대수야! 그 대신 아름답고 헌신적인 도로테아 형수와 결혼할 수 있었는데!"

닉스 옆자리로 시선을 향하니, 매너를 지키며 식사하는 중인 도로테아 형수의 모습이 있었다.

도로테아 형수는 예술 작품에 나올 것 같은 금발 미녀다.

찰랑찰랑하고 긴 머리카락에, 앞머리를 가지런하게 잘라 정돈한 헤어스타일.

크고 풍만한 가슴과 엉덩이, 운동으로 라인 잡힌 허리와 배.

그야말로 딱 좋게 단련된 몸을 지닌 사람이다.

뭐, 말없이 가만히 있으면 인상이 몹시 차갑게 느껴지는 난점이 있긴 하지만.

당장 지금도, 묵묵히 식사하는 모습을 보고 있으면 마음이 얼어붙은 차가운 여성처럼 느껴진다.

그러나 그 무표정한 도로테아 형수도, 닉스에게는 뺨을 분홍빛으로 물들이며 기쁜 듯이 미소 짓는다.

"후훗, 허니는 아무 걱정하지 않아도 돼요. 영지는 제가 곁에서 세심하게 뒷받침할 테니까요. 마음 놓아도 된답니다."

하지만 정작 형수에게 '허니'라고 불린 닉스는 쑥스러워하기는커녕 고된 인생에 지친 얼굴을 하고 있었다.

"이 이상 빚을 지면 뒷감당이…… 아, 아뇨, 의지하고 있습니다, 도로테아 씨."

연약한 목소리로 말한 닉스한테, 도로테아 형수가 참을 수 없었는지 자리에서 일어났다.

그러자 움직임에 따라 쇠사슬이 짤그락거리는 소리가 들렸다.

"부부가 되었으니까, '도로테아'라고 편하게 이름으로 불러주세요."

믿음직스럽지 못한 닉스의 모습은 보고 싶지도 않은 모양이다.

그러자 닉스가 물러서듯 대답했다.

"그, 그래도, 우리 집안이랑 도로테아 씨…… 도로테아의 본가는 격이 하늘과 땅 차이잖아. 나로서는 눈치를 볼 수밖에 없다고

나 할까, 사실상 데릴사위 같은 입장이니…….”

양가의 합의로 지원하고 있다고 하지만, 사실상 대부분을 로즈 블레이드 가문이 부담하고 있다.

닉스의 어깨가 자꾸 좁아질 수밖에 없는 형편이다.

도로테아 형수는 심약한 닉스를 격려했다.

“데릴사위라는 말은 하지 말아요! 함께 이 영지를 발전시켜 나가면 되는 거잖아요.”

도로테아 형수가 닉스의 오른손을 양손으로 감싸듯이 잡고는, 다정한 표정으로 닉스를 바라봤다.

“도로테아 씨…….”

“‘도로테아’라고 편하게 불러 주세요. 저와 허니 사이에 그런 격식은 필요 없어요.”

형수는 진심으로 닉스를 사랑하는 모양이다.

두 사람의 관계는 의심할 여지가 없다.

여지는 없는데…….

내 시선은 자연스럽게 서로를 마주 보며 손을 맞잡은 두 사람의 목줄과 사슬로 향했다.

서로한테 목줄을 채우고, 사슬로 이어진 상태.

‘약한 소리를 내뱉는 남편을 격려하는 아내’라는 아름다운 구도일 텐데, 목줄과 사슬의 존재감이 대단하다.

이전 생의 개그 콩트를 보는 기분이다.

나는 묵묵히 요리로 시선을 되돌려 나이프와 포크를 움직였다.

"이 푹 삶은 고기, 맛있네."

포크로 찔러도 흐트러지지 않는 고깃덩어리를 입에 머금으니 살살 풀리는 것처럼 녹아내렸다.

부서지지 않고 아슬하게 나이프로 자를 수 있을 정도의 절묘한 단단함이다.

입에 머금으니, 육즙과 국물의 맛이 퍼졌고, 씹으니 고기가 녹아내리는 듯한 부드러움이 느껴졌다.

그러나 내가 식사하건 말건, 닉스와 도로테아 형수는 둘만의 세계에 빠져 있다.

이래저래 내빼던 닉스도, 같이 지낸 그 짧은 사이에 도로테아 형수한테 제법 물든 모양이다.

덕분에 닉스는 사람이 조금 변했지만, 그래도 행복해 보이는 모습이 퍽 만족스럽다.

당사자 둘이 만족하는데, 제삼자가 어떻게 왈가왈부하겠는가.

씹을 필요도 없이 사르르 녹는 고기를 삼키고 나자, 문득 대화에 전혀 끼어들지 않는 마리에가 신경 쓰였다.

눈동자만 움직여서 힐끔 보니, 마리에는 이미 고기 요리를 다 먹어 치운 상태였다.

"웬일로 조용하다 싶더니만, 고기 요리에 열중하고 있었던 거냐."

적지 않은 양이었는데, 마리에는 그것도 부족한 것 같았다.

"삶은 정도가 절묘해서 놀랐어. 역시 단순히 굽기만 한 고기와는 전혀 달라. 한 그릇 더 부탁합니다."

삶은 고기 요리의 포로가 된 마리에는 식사 매너보다도 식욕을 우선했다. 실로 마리에답군.

나는 어쩔 수 없이 쓴웃음을 지으며 형한테 부탁했다.

"이런 장소에서도 식욕을 우선할 수 있는 네가 부럽다. 형, 미안하지만 마리에한테 고기 요리를 더 준비해 줄 수 있을까?"

내가 부탁하자, 도로테아 형수와 서로 마주 보고 있던 닉스가 이쪽으로 얼굴을 향했다. 그 와중에도 두 사람의 손은 떨어질 줄을 몰랐다.

"그 정도는 뭐……. 괜찮지, 도로테아?"

형이 어색하게 '씨'를 떼고 이름을 부르자, 도로테아 형수가 수줍어했다.

목줄을 차고 서로를 사슬로 연결하고 있는 마당에 그런 수줍음이 남아 있다는 사실에 나는 충격을 받았다.

"네, 물론이죠. 누가 준비해 줘."

도로테아 형수가 침착한 목소리로 명령하자, 우리한테 급사해 주고 있던 사용인들이 어째 서로 얼굴을 마주 보며 곤혹스러워했다.

도로테아 형수가 눈살을 찌푸렸다.

"내 말 못 들었어? 그녀도 내 친족이야. 이 자리는 매너를 신경 쓰지 않아도 괜찮아."

마리에의 매너 위반에 사용인들이 화를 내는 건가 싶어서, 도로테아 형수는 재차 명령했다.

그러자 집사는 도로테아 형수한테 다가가더니, 몹시 곤란한 얼굴로 사정을 설명했다.

"사모님…… 실은, 삶은 고기 요리는 이미 전부 다 나온 상황입니다."

"응? 예비로 준비해 둔 것조차 없다고?"

도로테아 형수가 한박자 늦게 집사에게 시선을 던지자, 집사가 마리에를 힐끔거리며 하얀 손수건으로 자신의 땀을 닦았다.

"그런 것이 아니오라, 그 예비조차 이미 모두 내어드린 상황입니다."

"어……?"

도로테아 형수와 닉스의 시선이 마리에한테 향했다.

나도 황당해서 마리에를 바라보았다. 마리에는 혀를 내밀고 주먹으로 자기 머리를 꽁, 하고 때렸다.

"실은 세 사람이 이야기에 열중하고 있을 때, 더 달라고 해버렸어요."

귀엽게 다 먹어 치웠다고 말하는 마리에를 보고, 우리 셋은 할 말을 잃고 말았다.

나는 약혼자로서 마리에를 나무랐다.

"하아……. 허가도 받지 않고 멋대로 더 달라고 한 거냐? 대체 어떻게 되먹은 식욕이야?"

어처구니가 없어 깊은 한숨을 내쉬는 나한테 마리에는 변명을 시작했다.

"차마 참을 수가 없었어! 정말로 맛있었다구! 출가한 이후로 여러 음식을 먹어봤지만, 오늘 요리는 세 손가락에 꼽을 수준이었는걸!"

본가 이야기가 나오자, 도로테아 형수가 살짝 흥미를 나타냈다.

"디어드리한테서 라판 가문의 사정은 듣긴 했지만, 대우가 그리 좋지는 않았다지?"

라판 가문에서 마리에는 거의 사용인 취급이나 마찬가지였다. 아니, 급료나 식사도 나오지 않았으니, 실제로는 그보다 더 열악한 처우였다고 봐야 한다.

어떻게 봐도 썩 좋은 과거가 아니건만, 마리에는 그때를 추억하듯 이야기했다.

"지금 떠올려도 화가 나네요. 오빠나 언니와는 취급이 전혀 달랐어요. 사용인이 도망쳐서 누군가가 집안일을 대신하지 않으면 생활이 불가능한 상황이었는데, 때마침 제가 성장하니까 사용인으로 부린 것 같아요. ……뭐, 이제는 아무래도 좋지만요."

귀족의 딸로 태어났으면서도 사용인으로 취급당한 이야기를 마리에는 대수롭지 않다는 듯 그냥 넘겨버렸다.

도리어 도로테아 형수가 충격을 받은 얼굴이었다.

"괜찮은 거야?! 당신, 같은 형제 사이에서 차별받고 있었던 건데? 화나지 않아?"

마리에는 시선을 멍하니 위로 향했다. 가족을 떠올리는 듯했다.

"그야 그때는 화가 났었죠. 지금이야 어찌 되든 알 바 아니지만. 당시에 제일 열받던 건, 제 식사가 나오지 않는 거였어요. 자기들끼리만 먹을 걸 마련하고, 제 몫은 처음부터 있지도 않더라고요! 너무하지 않아요?"

마리에한테 동의를 요구받은 도로테아 형수가 난감한 듯이 고개를 끄덕였다.

"그, 그러게. 너무하네. 개인적으로는 달리 화를 낼 요소가 있는 것 같긴 하지만, 식사조차 내주지 않는 건 너무 지독해. 그래서…… 어떻게 했는데?"

도로테아 형수는 물어봐서는 안 된다는 걸 알면서도, 호기심을 억누를 수 없는 모양이었다.

나와 닉스도, 마리에의 절절한 이야기에 마음이 아파 입을 다물고만 있었다.

우리 사이에 흐르는 미묘한 분위기를 모르는 건지, 마리에는 라판 가문에서의 나날을 어떻게 극복했는지 기쁘게 이야기하기 시작했다.

"어릴 적에는 저택 주변의 숲에서 식량을 채취했어요. 집에 있던 책 중에서 들풀에 관련된 서적을 닥치는 대로 읽고, 먹을 수 있는 풀을 전부 외웠죠."

도로테아 형수가 너무 놀란 나머지 비명을 질렀다.

"다, 당신, 잡초를 먹었다는 거야?!"

그러자 마리에는 이해할 수 없다는 듯 갸웃하면서 도로테아 형수의 오해를 지적했다.

"이 세상에 잡초라는 식물은 없어요. 신종 이외에는 모든 것에 이름이 있으니까요. 아, 물론 독이 없어도 먹기 어려운 식물들도 있긴 했죠. 하아…… 덕분에 몇 번이고 생사의 경계를 헤맸었어요."

아득한 눈으로 과거를 회상하는 마리에.

우리는 인류가 알아서는 안 될 금단의 역사를 파내는 기분이었다.

마리에도 슬슬 우리의 동정 어린 시선을 알아차렸는지, 황급히 들뜬 목소리로 바꾸었다. 마치 괴로운 일만 있는 건 아니라는 듯이 말이다.

"그래도, 그래도! 숲에 들어갈 수 있게 되고부터는 고기도 먹을 수 있었어요. 엽총을 다루는 법을 배웠더니 식생활이 단숨에 풍요로워지더라고요. 야생동물을 잡아먹는 건 제법 손이 많이 가서 여러모로 고생이었지만요."

마리에는 과거의 실패담을 농담까지 섞으며 유쾌하게 이야기했다.

그 이야기를 들은 닉스는 미처 참을 수 없었는지, 손으로 얼굴까지 가려가며 소리죽여 오열했다.

도로테아 형수도 진지한 얼굴이 되어 있었다.

"누구에게 배우지도 않고 직접 사냥하러 다닌 거야?"

"네, 가르쳐 줄 사람이 아무도 없으니까요. 그래도 책은 있어서,

그걸 읽고 공부했어요."

"그, 그렇구나……."

도로테아 형수가 너무나도 가혹한 이야기에 곤혹스러워하고 있다.

그냥 호기심에 가볍게 던진 질문이었는데, 이런 심각한 이야기가 나올 줄은 몰랐겠지.

이제 형수는 도리어 미안한 눈치였지만, 마리에의 어두운 과거 이야기는 멈출 줄을 몰랐다.

"사냥감 중에 가장 맛있었던 건 다람쥐였어요. 다른 놈들보다 쉽고 안전하게 잡을 수도 있고요."

그때 잡았던 다람쥐의 맛을 추억하는 마리에.

도로테아 형수는 다람쥐를 먹는다는 것이 믿기지 않았던 모양이다.

"다람쥐?! 그, 그, 귀여운 동물 말이지?! 머, 머머머, 먹은 거야?!"

도로테아 형수가 놀라고 있는 옆에서는, 닉스도 충격에 눈을 부릅뜨고 있었다.

발트파르트 남작가도 남 못지않게 가난했지만, 마리에만큼 가혹한 유년 시절을 보내지는 않았다.

마리에는 우리 형제보다 더 힘든 어린 시절을 보냈다.

그런데 정작 불우했던 마리에는 다람쥐의 맛을 떠올리며 추억을 곱씹고 있었다.

당장이라도 군침이 흐를 것만 같은 얼굴로 말이다.

"함정에 걸린 다람쥐를 발견했을 때는 얼마나 기뻤는지 몰라요. 단백질을 보충하는 데 맛도 좋다니!"

이 녀석, 그 귀여운 동물조차 영양소로 보고 있었던 거냐?!

마리에는 다람쥐의 활용법에 관해서도 자세하게 설명했다.

"짐승 가죽을 팔아서, 그 돈으로 '새것인 헌 옷'을 사기도 했어요. 하지만 사냥은 생각보다 위험 요소가 많아요. 멧돼지라든가 곰은 엄청나게 강하더라구요. 쓰러뜨리는 데 한나절은 걸린 적도 있어요."

멧돼지와 곰을 쓰러뜨렸다고?!

나는 마리에의 주먹이 무거운 이유를 알 것만 같았다.

일단 확인해 두자.

"그, 그러면 숲에서 멧돼지나 곰이랑 정면으로 싸운 거냐?"

"무슨 소리야? 그럴 리가 없잖아. 아무리 그래도 정면에서 싸울 수는 없지. 그래서 함정을 파놓고 걸린 녀석들을 노렸어. 그 상태에서도 한나절은 버틴다고. 하지만 그렇게 잡은 고기는 아주 맛있다? 심지어 가죽으로 돈까지 벌 수 있지. 새것인 헌 옷을 한 벌 정도는 살 수 있어."

그 '새것인 헌 옷'이 대체 뭔데?!

헌 옷인 시점에서 이미 새것이 아니잖아!

도로테아 사용인을 손짓하여 가까이 불렀다.

형수도 이미 입을 가리고 눈물을 뚝뚝 흘리면서 울고 있었다.

이 녀석, 말로 도로테아 형수를 울리다니, 얼마나 절절한 과거를 보낸 거야?!

"사, 사모님, 무언가 분부하실 것이라도?"

급사들조차도 안타까움에 눈물샘이 그렁그렁할 지경이었다.

"저 애한테―― 마리에 짱한테 고기 요리를 더 내어 줘. 삶은 고기 요리는 시간이 걸리니까, 우선은 스테이크로."

도로테아 형수의 마음 씀씀이에, 마리에는 머리를 긁적이며 쑥스러워했다.

"그래도 괜찮을까요? 아하하~, 뭔가 재촉한 것 같아서 죄송하네요~."

마리에는 자기한테 신경 쓰게 만들어 미안하다, 정도의 인식밖에 없었다.

그런 게 아니라고! 네 이야기가 원인이야!

부모에게서 아무런 애정도 받지 못한 채 자란 것도 모자라, 저택에서 사용인처럼 일하며 숲에서 자급자족했다는 이야기를 들으면, 도무지 동정하지 않을 수가 없다.

나도 이렇게까지 지독한 상황이었을 거라고는 생각하지 않았다.

나조차 말을 잃고 있으니, 닉스가 목줄을 풀고 가까이 다가왔다.

그대로 내 양어깨에 손을 올리고 강하게 붙잡았다.

"리온!"

"뭐, 뭔데?"

어깨를 잡은 손에는 조금 아플 만큼 힘이 담겨있었다.

나를 보는 닉스의 눈은 복잡한 심경인 것처럼 보였다.

나를 괘씸하게 생각하는 마음이 있는 모양이지만, 그걸 꾹 참고 있는 듯했다.

"너한테는 여러 가지로 하고 싶은 말이 있고, 패버리고 싶다고 생각하고 있었다. 솔직히 오늘은 비아냥을 들려주면서 추근추근 쏘아붙인 뒤에 패버리려고 생각하고 있었어."

아무리 형이라지만 너무하네.

나 같은 귀여운 동생 상대로 무슨 생각을 하는 거야?

닉스는 나를 향한 분노를 억눌렀다.

"하지만! ……하지만, 이 감정은 삼켜 두마."

"오, 오우?"

"그 대신, 반드시 마리에 쨩을 행복하게 해줘라. 그게 우리가 너한테 하는 부탁이다."

닉스는 나를 앞에 두고 눈물을 흘려댔다.

애초에 닉스가 그런 말을 할 필요도 없다.

행복하게 해주고 싶다──라고 해도, 이미 마리에의 멘탈이 너무 강하다. 어지간해서는 불행을 느끼지 못할 거다.

이번 이야기를 듣고 생각했는데, 마리에는 내가 상상하는 것 이상으로 야생아였다. 엄청 굳세다.

가냘프게 생겨서는 의외로 강인하다. 그야말로 전장을 호령하던 장수 레벨이다.

아니나 다를까, 지금도 마리에는 사용인들이 가지고 오는 스테이크를 앞에 두고 눈을 반짝이고 있었다.

테이블에 스테이크가 놓이자, 나이프와 포크를 양손에 들고 임전 태세에 들어갔다.

"우와~이. 잘 먹겠습니다아~!"

두껍고 커다란 스테이크를 먹기 시작한 마리에를 보고, 도로테아 형수가 손수건을 꺼내 눈물을 훔쳤다.

"많이…… 먹으렴."

도로테아 형수가 눈물을 흘리건 말건, 이미 스테이크에 푹 빠졌다.

이런 어둠을 뿌려놓고도 멀쩡하다니, 너의 정신은 강철로 되어 있는 거냐?

이제부터 나는 절대로 마리에한테 과거 이야기는 시키지 않겠다고 결심했다.

전부터 생각했는데, 마리에는 전생, 현생 할 것 없이 너무 불행하다.

이전 생에서는 사귀던 남자친구한테 죽었다지 않는가?

그나마 슬하에 하나 있던 딸조차, 따로 떨어져서 생활했다고 들었다.

대체 뭘 하면 이만큼 불행한 인생이 될 수 있단 말인가?

이전에 마리에가 저주받은 건 아닌지 생각한 적이 있는데, 이제는 웃을 일이 아니다. 어쩌면 정말로 저주받은 걸지도 모른다.

하지만 당사자는 아무것도 모른다는 듯, 행복한 얼굴로 스테이크를 먹을 뿐이었다.

　수학여행으로 일본풍 부유섬에 갔을 때, 어떻게든 마리에에게 액막이 의식을 해야 했는데!

　나는 진지하게 그렇게 생각했다.

제02화 「3학기를 앞두고」

"로즈블레이드 가문의 요리사는 실력이 굉장하네. 이제 배가 가득 차서 못 먹겠어~."

객실로 돌아오자, 마리에는 침대에 뛰어들어 천장을 보고 대자로 누웠다.

살짝 부풀어 오른 배를 부끄러워하는 기색도 없이 드러내는 마리에.

나는 내 앞에서도 거리낌이 없는 마리에의 모습을 보고 조금 슬퍼졌다.

남자 취급받지 못해서가 아니라, 수치심마저 내던진 꼴이 안타까워서.

"설마 그 도로테아 형수를 울릴 줄이야. 형한테는 정이 깊지만, 타인에게는 대체로 무관심한 사람인데……."

형을 대하는 걸 보면 정이 두터운 것 같긴 한데, 그래도 내가 보기에는 흥미가 없는 인간한테는 냉정하다는 인상을 씻어낼 수 없다.

형수가 나와 마리에를 상대하는 것도, 닉스의 가족이라서 그럴 뿐이다.

그런데 그 벽을 깨고 도로테아 형수를 울렸을 뿐만 아니라, 동정하게 만들다니, 가공할 업적이다.

마리에는 몸을 뒤척여 나를 바라봤다.

"인상이야 어쨌든, 나는 꽤 눈물이 많은 사람이라고 봤는데."

"나한테는 차가운 사람이라는 인상뿐이었는데."

"그건 그냥 감정 표현이 부족할 뿐이야. 성벽에는 몹시 솔직한 모양이지만……."

형수는 닉스와 사슬로 이어진 사실에 흥분하는 사람이다.

마리에는 그게 몹시 당혹스러운 모양이었다.

이전 생의 인생 경험만으로 말하자면 나보다 마리에가 사람을 보는 눈이 있다.

"겉모습만큼 차가운 건 아니라는 거군. 이게 바로 갭 모에…… 아니, 다른가."

한순간이나마 도로테아 형수와의 결혼을 닉스한테 양보한 것을 후회했지만, 곧바로 그녀의 성벽을 떠올리고 기분이 시들었다.

아무리 큰 가슴의 소유자라고 하더라도, 사슬로 이어지는 인생은 사양이다.

나를 보는 마리에의 시선이 조금 날카로워졌다.

내가 무슨 생각을 했는지 짐작한 모양인데, 그래도 나를 타박하지는 않았다.

"식사 모임도 끝났고, 슬슬 이후에 관해서 이야기하자구. 이제 곧 3학기잖아? 그 여성향 게임에서 1학년 3학기에 큰 이벤트가 있었던가?"

그 여성향 게임의 이벤트에 관한 기억을 더듬었지만, 딱히 떠오르지 않는 모양이다.

사실 안 나는 게 당연하다. 1학년 3학기에 이렇다 할 큰 이벤트는 없다.

진급을 앞두고 수상한 분위기가 감돌아, 이후의 위태로움을 느끼게 하는 소소한 이벤트뿐이다.

"특별히 큰 이벤트는 없었어. 그런데 앞으로의 일을 신경 쓸 필요가 있긴 한가?"

건성인 내 태도에 마리에는 뺨을 부풀렸다.

"당연하잖아. 주인공인 올리비아가 하기에 따라서는 나라가——어라?"

자기가 말해 놓고서 뒤늦게 깨달은 모양이다.

우리는 그 여성향 게임에서 최대의 위기를 회피하기 위해 수학여행 전에 판오스 공국에 잠입하여 최종 보스를 소환하는 마술피리를 훔쳤다.

게임 시나리오를 알고 있는 우리이기에 가능한 선택이다.

최종 보스가 호르파트 왕국을 멸망시킬 위험성이 있다면, 그 가능성을 먼저 없애 버리면 된다.

게임 플레이어다운 실로 비겁한 수단을…… 아니지, 따지고 보면 미래에 일어날 비극을 피려고 한 건데, 비겁하고 말고가 어디 있어?

뭐, 판오스 공국 왕성에 잠입하는 대죄를 저질렀지만, 호르파트 왕국을 위기에서 구했으니 상쇄 아닐까?

"우리가 3학년이 되면 본격적으로 판오스 공국과의 전쟁에 돌입하는 게 그 여성향 게임의 시나리오야. 하지만 최종 보스를 잃은 판오스 공국이 호르파트 왕국에 쳐들어올까?"

내 질문에 마리에는 상반신을 일으키고 생각에 잠겼다.

마리에가 낸 대답은 내가 예상하던 것이 아니었다.

"그래도 전쟁은 하겠지. 딱히 최종 보스가 있어서 전쟁한 게 아니라, 왕국에 원한이 있어서 공격한 거였잖아?"

확실히 양국 간에는 전쟁이 일어나도 이상하지 않은 악연이 존재한다.

그 여성향 게임의 시나리오에서는 판오스 공국은 줄곧 호르파트 왕국을 증오하고 있었다.

그래서 전쟁에 나선 건데, 나는 판오스 공국이 전쟁을 벌일 거라고는 생각하지 않는다.

"왕국과 공국의 국력 차이가 얼마나 되는 줄 아냐? 그런데 비장의 수까지 잃었잖아. 이런 상황에서 쳐들어오면 그건 멍청한 짓이지."

공국이 원한을 품고도 그간 전쟁을 피한 결정적인 이유는 국력 차이다.

왕국은 공국의 몇 배에 달하는 비행 전함을 보유하고 있다.

숫자에서 이미 압도당하고 있단 말이다.

오히려 판오스 공국이 호르파트 왕국에 패배하여 진작에 멸망

했어도 이상하지 않은 상태다.

그런데도 공국이 오늘날까지 존재하는 건, 공국에 이상할 만큼 강한, '흑기사'란 자가 버티고 있기 때문이다.

그러나 이 흑기사조차도, 왕국을 멸망시킬 힘은 없다. 그것이 현실이다.

녀석들의 자체 무력만으로는 왕국을 이길 수 없는 거다.

그런 관점에서는 지금까지 왜 마술 피리를 쓰지 않았는지 다소 의문이 들지만, 이유야 어쨌든 현재는 그마저도 없다. 왕국을 공격하고 싶어도 믿을 구석이 없단 말이다.

내 말에 설득력을 느꼈는지, 마리에는 안도했다.

"그렇다면, 이후로는 큰 문제도 없겠네? 기껏해야 올리비아가 누구와 맺어지는가 정도? 지금대로라면 역하렘 루트 같은데, 귀공자가 한 명의 여자를 나눠 가질 수는 없을 테니, 자기들끼리 싸울지도 모르겠다."

마리에는 흥미진진하다는 표정이었다.

"그놈들이 싸우든 말든 아무래도 상관없다만, 여성도 남자를 여럿 두는 걸 좋아하냐?"

남자라면 하렘을 꿈꿔도 이상하지 않지만, 여성들도 역하렘을 선호하는지는 잘 모르겠다.

그래서 마리에한테 물어봤는데, 돌아온 대답은 애매모호했다.

"사람에 따라 다르려나? 남자 여럿과 동시에 사귀는 애도 있었고, 일대일이 좋다는 애도 있었어."

"각자 나름이라는 거군. 근데 나는 올리비아 양이 여러 남자와 동시에 사귈 사람 같지는 않은데?"

올리비아 양의 모습을 떠올려 봤지만, 연애에 관해 요령이 좋아 보이지는 않았다.

"올리비아 양은 보기에도 소박하고 순수하잖아? 머잖아 한 명으로 좁힐지도 몰라."

내가 예상을 입에 담자, 마리에는 어처구니없어하며 고개를 가로저었다.

"외모에 속는 건 바보야. 청순해 보이는 애가 뒤로는 여러 명과 사귀거나 한다구."

마리에가 내뱉은 가혹한 현실에 나는 넌더리가 났다.

"그런 진실은 알고 싶지 않았다. 나는 여성이란 생물에 꿈을 꾸는 남자라고."

"남자들은 다 바보인가? 여자를 전혀 몰라. ……음, 하지만 확실히 이건 좀 특별한 경우일지도?"

마리에는 갑자기 뭔가를 떠올린 듯하다.

턱에 손을 대며 의문을 입에 담았다.

"여럿 사귀는 애는 있지만, 올리비아처럼 오픈하고 여러 명과 사귀는 애는 거의 없어. 태반은 몰래몰래 사귀면서, 나한테는 너 한 명뿐이야! 라고 하지."

"올리비아 양이 희소종이라는 건가……. 그것도 알고 싶지 않았어."

내가 깊은 한숨을 쉬자, 마리에는 발끈한 표정이 되었다.

"남자 여럿과 쉽게 사귀는 여자의 어디가 좋은 거야?"

내가 올리비아 양한테 기대하고 있었던 듯한 발언을 반복했기에, 마리에가 삐치고 만 모양이다.

"그러는 너야말로, 올리비아 양과 공략 대상의 연애 사정에 흥미진진하다는 얼굴을 하고 있었잖아."

"그도 그럴 게 그 여섯 명의 연애 사정이라구. 신경 쓰여서 어쩔 수 없어."

마리에가 올리비아 양과 귀공자 다섯 명의 연애 사정에 강한 흥미를 나타내는 건 이 세계에 오락이 적기 때문이리라.

이전 생의 우리는 오락으로 넘쳐나던 세계에 살고 있었다.

그때도 여성들은 연애 이야기에 흥분하고 있었으니, 어쩌면 본능인 걸지도 모른다.

"흥미를 느끼는 건 자유지만, 방해하지는 마라."

마리에한테 못을 박았는데, 애초부터 얽힐 생각은 없는 모양이었다.

"당연하잖아. 내가 끼어들면 보는 즐거움이 줄어드는걸. 대신 루크시온이 그 여섯 명의 관계를 감시해 줬으면 해. 내가 즐길 수 있게 편집해 줘."

고성능 인공지능이 마리에의 오락을 위해 리소스를 소비당할 위기에 놓였다.

"그 녀석은 한동안 본체 안에 있을 거다. 성녀님의 사념체를 조사한다더군."

내 파트너인 【루크시온】의 메탈릭 컬러 구체는 그저 단말에 불과하다. 녀석의 본체는 700m가 넘는 우주선이다.

고성능인 이민선으로, 많은 사람을 태우고 우주로 떠나기 위해 건조되었다는 듯하다.

그런 이유로 루크시온은 다양한 편리 기능을 보유하고 있는데, 최근에는 붙잡은 성녀의 원념(루크시온이 사념체라고 부르게 되었다)을 조사하는 데에만 전념하고 있다.

마리에는 재미없다는 듯이 말했다.

"요즘 안 보인다 싶었는데, 그 사념체에 푹 빠져 있었던 모양이네. 3학기가 시작되기 전까지 끝나기는 해?"

"내가 알겠냐. 그것보다도 그 여성향 게임의 시나리오에서 해방된 우리한테는 더 중요한 이야기가 있다고."

호르파트 왕국의 위기는 사라졌지만, 우리는 큰 문제를 안고 있었다.

고개를 갸웃하고 있는 마리에는 아직 알아차리지 못한 모양이다.

"뭔가 있었나? 시나리오에 휘둘릴 걱정은 없어진 거지?"

"시나리오에는, 말이지. 우리한테 중요한 문제는──."

"중요한 문제는?"

마리에가 살짝 긴장한 표정으로 내 말을 기다렸다.

나는 조금 뜸을 두다가 말해 줬다.

"――진급에 필요한 과제를 끝내지 못했다는 점이다."

나라의 위기에 비하면 별 대단한 문제는 아닌 것처럼 들리리라.

하지만 당사자인 우리한테는 큰 문제다.

마리에도 눈을 휘둥그레 뜨며, 그제야 내가 하고 싶은 말을 알아차린 모양이다.

"더, 던전 공략?"

"그래. 여러 가지로 분주했던 탓에 아직이었지. 이대로는 진급이 위태로워."

뜸을 들였다가 말한 나지만, 던전 공략이 진전되지 않은 건 나도 마찬가지다.

나는 오른손으로 얼굴을 가리고 깊은 한숨을 내쉬었다.

마리에는 양손으로 머리를 감싸 쥐었다.

"유급이라니, 죽어도 싫은데요오오오오!!"

……나도 그래.

◇

학원에 있는 의무실 문이 난폭하게 열리더니, 귀공자 둘이 숨을 헐떡이며 들어왔다.

두 사람이 나타난 걸 보자, 침대에 누워 있던 【올리비아】는 상반신을 일으켰다.

"기뻐요. 일부러 보러 와주셨군요."

팔다리에 붕대를 감은 올리비아는 애처로운 모습으로 두 사람에게 미소를 지었다.

짧은 감색 머리카락이 흐트러진 【율리우스 라파 호르파트】가 주저앉다시피 하며 침대 옆으로 다가왔다.

올리비아의 손을 꽉 잡고는 손등에 가볍게 입맞춤했다.

"당연하다! 얼마나 걱정했는지 아느냐……!"

눈물짓는 율리우스에게, 올리비아는 뭐라 말하면 좋을지 알 수 없어 쓴웃음을 지었다.

율리우스와 어릴 적부터 함께 자란 젖형제인 【질크 피아 마모리아】가 두 사람의 모습을 바라보았다.

긴 녹색 머리카락이 특징적으로, 항상 온화한 표정을 띠고 있는 남학생이다.

궁정 귀족인 마모리아 자작가 출신으로, 철이 들 무렵부터 율리우스를 모시고 있는 제일가는 가신이다.

장래 율리우스가 왕위를 이으면, 질크는 율리우스의 오른팔로서 호르파트 왕국의 중추에서 일하게 될 것이다.

다섯 명 중에서 가장 격이 낮은 집안이지만, 젖형제라는 입장이 질크를 주위와 나란히 서게 해주고 있다.

"전하, 너무 세게 잡으시면 올리비아 씨가 아파할 겁니다."

올리비아의 손을 잡은 율리우스를 타이르면서, 질크는 상황 확인을 우선했다.

"저도 올리비아 씨가 무사해서 안심했습니다. 던전 안에서 사고를 당했다고 들었을 때는 정말로 살아도 산 것 같지 않았습니다."

질크가 침대에 앉자, 올리비아는 고개를 숙이고 슬픈 듯이 행동했다.

"죄송해요. 저 때문에 모처럼의 여행 계획이 엉망이 되어서."

원래라면 지금쯤은 여섯 명이 함께 비행선에 타고 여행을 갔을 터였다.

수학여행에 참여하지 못했던 율리우스와 질크를 위해 예정된 계획이었지만, 사실은 올리비아와 여행을 가고 싶었을 뿐이었다.

참여자는 이 둘을 비롯해 【그렉 포우 세버그】, 【크리스 피아 아크라이트】, 【브래드 포우 필드】까지. 유명한 귀공자들이다.

하지만 올리비아가 던전에서 다치면서 여행은 중지되었다.

침울해하는 올리비아의 어깨에 율리우스가 다정하게 손을 올려놓았다.

"신경 쓰지 마라. 네가 무사하다는 걸 듣고 다른 세 사람도 안도하고 있다. 게다가 던전을 공략하다가 다친 것이라면 어쩔 수 없지. 가능하면 우리한테 같이 가자고 말해 줬으면 했지만, 이건 지금 해도 늦은 이야기이니. 유감이지만 여행은 다음 기회에 가면 된다."

"……죄송해요."

아직도 사과하는 올리비아한테, 율리우스는 난처한 표정을 지었다.

"침울해하지 말아다오. 그렉이랑 다른 녀석들도 금방 여기로

온다. 너한테 화를 내는 녀석은 한 명도 없어.”

안심시키고자 필사적인 율리우스를 앞에 두고, 올리비아도 조금 마음이 가벼워진 것 같이 행동했다.

“그렇게 말해 주시니 기뻐요.”

“다들 네가 무사하게 돌아온 걸 기뻐하고 있다.”

방해하지 않고 잠자코 있던 질크는 두 사람의 대화가 일단락되자 신경 쓰였던 점을 확인했다.

그는 다친 팔다리에 예리한 시선을 향했다.

“그런데, 팔다리의 부상은 정말로 괜찮은 겁니까?”

율리우스는 의심하는 듯한 시선을 향하는 질크가 용서되지 않는 모양이다.

“질크, 올리비아를 의심하는 건가?”

율리우스가 따지자, 질크는 양손을 들고 항복 포즈를 취하며 율리우스를 달랬다.

“제가 의심하는 건 올리비아 씨가 아닙니다.”

“무슨 말을 하고 싶은 거지?”

“올리비아 씨는 회복 마법의 실력자입니다. 작은 상처라면 스스로 치료할 수도 있지요. 그런 그녀가 의무실에 실려 올 정도로 크게 다쳤습니다. ——하지만 던전에 들어간다고 해도, 올리비아 씨의 전투 능력으로 갈 수 있는 범위에서 큰 사고가 일어날 거라고는 생각하기 어렵습니다.”

두 사람 다 사전에 보고를 들었던 모양이지만, 눈치가 빠른 질크는 수상하게 생각하고 있었던 모양이다.

올리비아는 그런 질크 앞에서, 입을 다물듯이 무릎을 끌어안고 침묵했다.

질크는 올리비아의 반응을 보고 뭔가가 있었음을 알아차린 듯했다.

"올리비아 씨, 사실을 이야기해 주실 수 없겠습니까?"

다정하게 말을 거는 질크였으나, 올리비아는 얼굴을 숙일 뿐이었다.

그들의 다정함에 눈물을 흘릴 장면이건만, 정작 올리비아는 표정을 감춘 채 몰래 웃고 있었다.

평소의 그녀한테서는 상상도 되지 않을 추악한 얼굴로, 목소리를 꾹 참으면서.

'걸려들었구나! 내 부상을 미심쩍게 여길 머리는 있어서 다행이군. 단순한 바보 놈들은 죽여도 재미가 없으니.'

붕대를 감은 올리비아의 왼팔에는 성녀의 팔찌가 있다.

──성녀 앤의 사념체가 깃든 팔찌가.

지금 올리비아의 의식은 마음속 깊은 곳에 갇혀 있고, 몸을 움직이는 건 호르파트 왕국에 원한을 품은 성녀 앤의 사념체다.

'이 애의 몸을 빼앗은 건 행운이었어. 설마, 그 쓰레기 같은 놈들의 직계 자손들과 친하게 지내고 있을 줄이야. 한 명은 분가 출신인 듯하지만…… 마모리아의 자손이라면 이상하지도 않지.'

올리비아의 몸을 빼앗은 사념체 앤은 미소를 지우고 잠시 무표정한 얼굴이 되었다.

'이건 운명이다. 운명이 나한테 리아의 원수를 갚으라고 말하고 있어. 내게 이 나라를 멸망시키라고 말하고 있는 거야——! 그렇지, 리아?'

호르파트 왕국과 율리우스를 비롯한 귀공자들한테 살의를 품으며, 올리비아—— 앤은 우는 표정을 지어내고 고개를 들었다.

"죄송…… 해요. 말하지 말라는 말을 들어서…… 저…… 무서워서…… 아무한테도 이야기할 수 없어서……."

오열하는 올리비아를 보고 율리우스와 질크는 생각보다 이번 사건의 어둠이 깊다고 생각했다.

율리우스가 올리비아의 어깨를 꽉 껴안았다.

"무슨 일이 있었는지 우리한테 얘기해다오. 우리는—— 나는 네 편이다. 반드시 지켜주마. 그러니 아무 걱정 하지 않아도 된다."

질크는 이미 이후의 일에 관해 생각하고 있었다.

"올리비아 씨, 저희한테 진실을 이야기해 주실 수 없겠습니까?"

올리비아는 눈물을 닦으며, 무서워서 이야기할 수 없다는 연기를 이어갔다.

"입막음을 당해서 말할 수 없어요. 말했다간…… 주위 사람도 휘말릴 거예요. 질크 씨한테도 폐를 끼칠 거예요."

자기를 위해 이야기할 수 없다는 말에 올리비아를 향한 보호 욕구가 자극됐는지, 어떤 상황에도 냉정하던 질크의 목소리가 살짝 커졌다.

"저희 걱정은 하지 않으셔도 됩니다. 올리비아 씨가 생각하는 것만큼, 저와 전하는 약하지 않습니다. 이야기해 주실 수 있겠지요?"

올리비아는 조금 뜸을 두고 나서, 쭈뼛쭈뼛 대답했다.

"……던전의 깊은 구멍에 밀려 떨어졌어요. 그런데 제가 살아서 돌아오니, 율리우스 전하를 비롯해 남들에게 말하면 용서하지 않겠다고 협박해서…… 그래서, 아무한테도 말하지 못하고 사고를 당했다고 했어요."

왕도에 있는 던전에 가서 생활비를 벌기 위해 마석을 모으던 중이었다.

그런데 그곳에서 학원 학생들과 마주쳤고, 악의로 구멍에 내던져졌다.

올리비아는 눈물을 흘리며 두 사람에게 들려줬다.

"너무 무서웠어요……. 말하면 용서하지 않겠다고 해서…… 어쩔 도리가 없었어요."

눈물을 뚝뚝 흘리며 호소하는 모습은 아무래도 두 사람의 심금에 울렸던 모양이다.

주먹을 꽉 쥔 율리우스의 손이 떨리고 있었다.

"올리비아를 던전 안에서 살해하려 했다는 말인가?!"

던전 안에서 사고가 일어난 것처럼 위장하여 살해하려 한 행위는 당연히 분노할 만한 것이겠지만, 무엇보다도 용서할 수 없는 건 올리비아를 노렸다는 점이었다.

율리우스가 유례없을 만큼 분노로 떨었고, 질크는 담담하게 말했다.

"그것참 엉성한 계획이군요. 던전 안에서 일어난 사고처럼 위장한다고 쳐도, 목격자가 있으면 금방 들통날 일입니다. 하물며 왕도의 던전은 학원 관계자가 많은 장소입니다. 학생이 들어갈 수 있는 장소라면 목격 증언이 나올 수밖에 없습니다."

범인들의 계획에 어처구니없어하는 질크의 멱살을 잡고, 율리우스는 얼굴을 가까이 들이댔다.

"너는 이런 상황에 잘도 냉정하게 있을 수 있구나! 올리비아가 걱정되지 않는 건가?!"

"저도 걱정하고 있습니다. 다만, 올리비아 씨는 무사히 학원에 돌아왔습니다. 지금 중요한 건 앞으로 이러한 사건을 일으키지 않도록 하는 것 아니겠습니까?"

질크의 정론에 율리우스는 아무 대꾸도 하지 못했다.

멱살을 잡고 있던 손을 거칠게 떼고는, 올리비아와 질크한테 등을 돌렸다.

지금의 자신을 보지 말았으면 하는 것이리라.

올리비아는 울면서, 그래도 냉정하게 두 사람의 반응을 관찰하고 있었다.

'율리우스는 감정적인 편이군. 진짜 문제는 질크라고 봐야겠어.'

생각했던 것보다 냉정하고 침착하며 눈치가 빠르다.

'내 복수에 장애가 될 녀석이다. 어떻게 처리할까——.'

양손으로 얼굴을 가리며, 냉정하게 이후에 관해 궁리했다.

그런 올리비아의 속마음을 알아차리지 못한 질크는 범인들의 처우에 관해 율리우스한테 제안했다.

　"전하, 저도 범인들을 용서할 수 없는 마음은 같습니다. 단지, 분노에 맡겨 추궁해서는 범인들이 도망칠 틈을 줄 뿐입니다. 이번 사건은 냉정하게 대처해야 합니다."

　율리우스는 심호흡하더니, 어느 정도 침착함을 되찾았다.

　"네 말이 옳다. 하지만 도무지 화를 참기가 어렵군. 네게 범인들을 잡아들일 좋은 방법이 있나?"

　율리우스가 물으니, 질크는 작게 고개를 끄덕이며 자기 가슴에 손을 댔다.

　"우리 호르파트 왕국의 귀족은 위대한 모험가들의 후예입니다. 던전에서 저지른 배신행위는 귀축의 소행, 혐오의 대상이지요. 우선은 증거를 모으지요. 범인들이 발뺌할 수 없는 상황을 만들어서 추궁하면 됩니다."

　호르파트 왕국은 모험가들이 일으킨 나라이기에, 모험가다운 행동이 존중받는다.

　마찬가지로 모험가답지 못한 행동은 귀족 사회에서 질타받는다.

　하물며 같은 학원 학생을 던전 안에서 모살하려고 했다면, 사회에서 사실상 배척당할 것이다.

　질크는 이 점을 이용하여 범인들을 사회적으로 말살하고자 획책하고 있었다.

　율리우스가 곤혹스러운 표정을 띠었다.

"여전히 자비가 없군."

질크는 율리우스의 무른 면을 눈치채고, 지적했다.

"올리비아 씨가 무사했다고 그들에게 자비를 베푸실 생각입니까? 전하, 이번 일을 본보기로 삼아야 합니다. 추후 이런 사건이 다시 일어나는 걸 용납하지 않겠다고 말입니다. 그렇지 않으면 올리비아 씨를 지킬 수 없습니다."

질크는 귀족 자제들이 올리비아한테 불만을 품고 있음을 알고 있었던 모양이다.

그걸 이번 기회에 아예 못을 박을 작정이리라.

율리우스는 질크의 제안을 받아들였다.

"……알겠다. 그러면 범인들의 처우를 어떻게 할 생각이냐?"

"철저하게 할 겁니다. 퇴학 처분 정도는 해야겠지요."

살인미수인데 퇴학으로 끝이라니? 하고 율리우스는 약간 불만스러워 보이는 표정을 지었지만, 더 따지지는 않았다.

"……올리비아, 조금 기다려다오. 우리가 범인을 학원에서 쫓아내 주마."

올리비아는 믿음직한 두 사람에게 미소를 향했다.

"고마워요, 두 분 모두."

다만, 그 미소 밑에서는 앤의 증오가 소용돌이치고 있었다.

'질리지도 않고 얄팍한 말을 뱉어대는군. 설마, 그 마모리아의 자손한테서 귀축이라는 말을 들을 수 있을 거라고는 생각지 않았어.'

올리비아의 미소를 보고 안도한 두 사람은 증거를 수집하기 위해 방에서 나갔다.

의무실에 홀로 남은 올리비아는 모포를 꽉 쥐었다.

"위대한 모험가의 후예? 모험가의 배신행위는 귀축과 같은 짓? ──무슨 낯짝으로 하는 말이지?"

분노로 떨고, 증오에 물든 표정을 지은 올리비아는 질크의 발언에 심상치 않게 화를 내고 있었다.

위대한 모험가의 후예로서, 모험 중의 배신은 용서하지 않는다는 고결한 정신.

그 전부가 앤한테는 뻔뻔하게 들렸다.

"그 녀석들의 자손이 지금은 영웅의 후예라…… 하!"

코웃음을 친 올리비아였으나, 깊게 숨을 내쉬고는 꺼림칙하게 웃기 시작했다.

같은 올리비아의 얼굴인데도, 마치 다른 사람처럼 변해 있었다.

"처음에는 마모리아의 자손부터 무너뜨려 주지. 애송이들, 너희한테 원한은 없지만, 너희의 선조를 원망해라."

제03화「모험가의 후예들」

호르파트 왕국이란 모험가들의 나라다.

많은 귀족이 핏줄을 더듬어 올라가면 모험가 선조에 다다른다.

그 때문에, 호르파트 왕국에서는 모험가란 훌륭하며 존경받는 직업이다.

실제로 귀족 자제들도 학원 입학과 동시에 모험가로 등록하는 것이 관례다.

특이한 사유 없이 등록을 거부하면 귀족 사회에서 백안시당할 정도다.

물론 등록했다고 해서, 학생들이 수업 이외에서 모험가다운 활동을 적극적으로 하지는 않는다.

그러나 이들도 모험가 활동을 피할 수 없는 순간이 있다.

바로 던전 공략 과제다.

왕도의 던전은 호르파트 왕국을 지탱하고 있다고 해도 과언이 아니다.

에너지 자원인 마석을 비롯하여 다양한 광석이 산출되기 때문이다.

몬스터가 배회하는 위험한 장소이지만, 동시에 던전에서 나오는 마석과 광석이 왕국의 자원이 되는 것이다.

왕도 던전은 그야말로 왕가가 지닌 힘의 원천이라고 할 수 있다.

호르파트 왕국이 아니라, 왕가의 힘이다.

그런 이유로, 이 나라에서는 학원 학생들한테 던전 공략 과제를 내준다.

왕도 던전은 광산이 미로처럼 꼬인 듯한 풍경으로, 층층이 지하로 나아가는 구조로 되어있다.

이에 따라, 학생들에게는 학년별로 지하 몇 층까지 가도록 과제가 부여된다.

과제 달성에 남녀 구분은 없으며, 달성하지 못하면 유급 처리된다.

아무리 여성한테 매우 관대한 사회 기조라고 해도, 위대한 모험가의 긍지가 더 우선이기 때문이다.

"동기 휴가에 공략할 예정이었는데, 너무 바빠서 전혀 하질 못했어. 이대로는 우리 둘 다 유급이다."

방과 후의 교실에서 칠판에 유급이라고 쓴 나는, 자리에 앉아 머리를 감싸 쥔 마리에를 바라보았다.

"굳이 말하지 않아도 알고 있다구! 남은 3학기 중에 공략하지 않으면 유급 확정이잖아!"

"그렇지. 한 번이라도 유급하면 그날부로 사회적 입지와는 모두 작별이다. 반드시 공략해야 해."

사실, 던전 공략 과제 자체는 그리 어렵지 않다.

그런데 그 과제를 달성하지 못하고 유급을 한다? 사회에서의 평판이 나빠질 수밖에 없다.

한 번이라도 유급하면 창피해서라도 자퇴하겠다는 소리가 이따금 들리는 이유다.

나는 어깨를 으쓱였다.

"뭐, 우리가 좀 늦긴 했지만, 그렇게 걱정하지 않아도 괜찮아. 우리는 하루 만에 과제를 달성할 수 있으니까. 아니지. 하루가 뭐냐. 루크시온만 있으면 하루는커녕 몇 시간이면 끝날 거다."

3학기 중에 어찌어찌 공략을 끝내고자 마리에를 부추기기 위해 이 자리를 마련했다.

쉽게 끝낼 수 있다고 생각해서 뒷전으로 미루면, 뭔가 문제가 일어났을 때 성가셔지기 때문이다.

소심한 사람인 나는 귀찮은 문제는 일찍 정리해 두고 싶었다.

그러나 마리에의 걱정거리는 다른 데 있었다.

"우리는 문제없지. 그래, 우리는, 말이야."

이상하게 우리, 라는 부분을 강조하는데.

내가 고개를 갸웃하는 걸 보고, 마리에가 깊은 한숨을 내쉰 뒤 고민하는 이유를 설명해 주었다.

"내가 걱정하고 있는 건 그 애들이야."

"그 애들이라니? ⋯⋯설마 신시아랑 에리, 베티 말이냐?!"

마리에한테는 사이가 좋은 친구들── 거의 돌봐주다시피 하는 애들이 있다.

게으른 성격인 신시아를 비롯하여 책을 너무 좋아해서 틀어박한 채 독서 삼매경인 에리, 같은 기숙사에 틀어박혀 그림을 계속 그리고 있는 베티, 이렇게 3인조다.

평소 거의 수업에 나오지 않는 탓에 학원에서도 문제아 취급을 받고 있다.

그리고 그 셋을 돌보는 사람이 바로 마리에다.

마리에는 문제아들을 차마 방치할 수 없는지, 누가 시키지 않았는데도 돌봐주고 있었다.

마리에는 울상이 되었다.

"출석 일수 부족은 추가 시험 같은 걸로 어떻게든 할 수 있어. 하지만 던전 공략은 대체 수단이 없어! 심지어 그 애들은 수업도 거의 나가질 않으니까, 던전에 들어간 것도 많아야 두 번일 거라고!"

……곤란하게 됐군. 조금 일이 성가셔졌다.

나와 마리에 두 명뿐이라면 루크시온의 힘을 빌려도 문제없다.

하지만 누군가와 동행하여 던전을 공략하려면 이야기는 별개다.

루크시온의 힘을 노골적으로 빌리면 반드시 의심을 살 테니까.

그렇다고 마리에가 그 세 사람을 저버릴 것 같지도 않다.

"그렇다면 그 세 명도 불러서 공략할까? 그래도 이틀 있으면 충분하지 않겠어?"

그 세 사람이 어느 정도 실력인지 모르지만, 나와 마리에 둘이 호위하면 공략할 수 있을 거다.

그러자 마리에가 양손으로 얼굴을 덮으며 말했다.

"이미 불러봤어! 몇 번이고, 몇 번이고! 그랬더니 뭐라는 줄 알아? 귀찮으니까 패스하겠대!"

"그 세 명은 세간의 체면은 신경 쓰지 않는 것 같으니까. 어쩌면 유급해도 괜찮다는 걸지도."

나 같은 소심한 사람처럼 세간의 체면을 신경 쓰는 녀석도 있는가 하면, 그 세 사람처럼 다른 사람의 가치관에 사로잡히지 않는 사람들도 있다.

그녀들한테 유급은 별달리 큰 문제가 아닌 모양이다.

하지만 마리에는 다르다.

"그 꼴을 어떻게 봐! 나는 그 애들이랑 같이 진급하겠다고 정했어! 이렇게 된 이상 묶어서라도 데리고 갈 거야."

"묶은 녀석들을 데리고 던전에 들어가겠다고? 그런 귀찮은 짓을 어떻게 해."

의욕도 없는 세 사람을 데리고 던전 안을 돌아다니는 건 위험천만한 짓이다. 보통 고생이 아닐 것이다.

내가 싫은 티를 내자, 마리에가 분개했다.

"그럼 어쩔 건데! 말해 두겠지만, 난 그 애들을 버릴 생각은 조금도 없어!"

몹시 세 사람을 챙기는 마리에.

"대체 왜 그렇게까지 챙겨주는 건데?"

마리에는 나한테서 얼굴을 돌리더니, 조금 쑥스러워하는 얼굴로 사정을 이야기해 줬다.

"내가 괴롭힘을 당할 때 도와준 게, 걔들이었단 말이야."

"아, 그런 거였냐……."

"그야 엄청난 일을 해준 건 아니야. 날 괴롭히는 애들이 숨어서 기다리고 있다는 걸 알려주거나, 애들이 버린 내 교과서가 어디에 있는지 가르쳐주거나 하는 정도였어."

셋의 성격을 생각하면 상상하기 어려운 일인데? 조금 의외다. 세상만사에 무관심한 사람들이 아닌가.

마리에가 무슨 일을 당하든 관심조차 없을 거라고 멋대로 생각하고 있었다.

"그래서 그 세 명과 친해진 건가."

마리에가 작게 고개를 끄덕였다.

대체 이런 애들이랑 어디서 친해졌나 싶었는데, 마리에가 공략 대상인 귀공자들한테 접근해서 여학생들의 분노를 샀을 때였을 줄이야.

어쩐지. 그래서 그 무렵에도 친한 친구들을 미팅에 데리고 올 수 있었던 거군.

"은혜가 있는 거라면 버리기에는 찜찜하겠군. 그런데 나도 웬만하면 던전 공략에 데려가서 진급시켜 주고 싶다만, 애초에 본인들의 의욕이 없으니……."

능력 부족은 다른 걸로 보충하면 되지만, 의욕은 그럴 수도 없다.

억지로 데리고 다닌들, 그 애들이 제멋대로 움직이면 쌍방한테 좋지 않은 결말이 나올 거다.

마리에도 속수무책 상태라서 나에게 말하는 것이리라.

"어떻게든 해줘. 걔들은 유급했다간 본가에 도로 끌려갈 거라구. 집안 망신이라고 가족이 데리러 오는 경우도 있대."

유급한 시점에서 귀족으로서는 실격 취급이라, 이후에 평가가 뒤집히는 일은 없다.

그래서 부모들은 못난 자식을 학원에 남겨서 이상한 소문이 퍼지기 전에 학교를 그만두고 본가로 데리고 돌아가는 듯하다.

"그런 상황에서도 의욕을 내지 않는다니, 존경스럽구만. 본받고 싶지는 않지만."

마리에는 책상에 엎드렸다.

"그 애들이 의욕을 내주면 좋은데 말이지. 아무리 설득해도 '되는대로 될 수밖에 없어'라면서 체념한 상태야."

"그 세 명은 묘하게 달관했단 말이지. 취미에 몰두하는 타입이니까 그렇게 보이는 것뿐일지도 모르지만."

되는대로 될 수밖에 없다니, 10대가 할 말이 아니다.

뭔가 방법은 없나 하고 궁리한 나는, 교실 창문에 가까이 다가가 바깥을 바라봤다.

2층 교실에서 중앙 정원을 내려다보니, 올리비아 양 일행의 모습이 있었다.

방과 후에 마을로 나갈 생각인 듯하다.

올리비아 양 곁에는 여느 때의 귀공자 5인조의 모습이 있었다.

귀공자들한테 둘러싸여 미소 짓고 있는 올리비아 양의 모습을 보니, 연애 관계가 순조롭게 진전되고 있다는 걸 헤아릴 수 있었다.

"저쪽은 순조로워 보여서 부럽구만."

한 여학생이 남학생 다섯을 거느리고 있는 모습이 조금 그렇지만.

그래도 나라의 위기가 사라져서 여유가 생긴 건지, 나는 여섯 명의 모습을 흐뭇하게 바라볼 수 있었다.

마리에가 내 옆으로 와서는 정원을 내려다보았다.

단지, 나와 다르게 마리에는 불만스러워하고 있었다.

"여봐란듯이 다섯 명을 거느리고 놀러 간다니, 시비 거는 건가?"

"……너, 얼마 전에는 저 여섯 명의 연애를 보면서 즐기겠다고 하지 않았어?"

마리에는 고개를 내게 향하고는 나를 찌릿 노려봤다.

"네가 올리비아의 가슴만 보면서 헤벌쭉거리고 있으니까 그런 거 아니야!"

아무래도 내 시선이 자연스럽게 올리비아 양의 가슴에 향해 있던 모양이다.

나도 자각 못 한 걸 잘도 알아차렸군.

"그렇게 노골적으로 바라봤다는 생각은 없었는데 말이지. 앞으로는 조심해야겠군."

"네 시선은 너무 알기 쉽다구. 그리고 조심할 게 아니라 아예 안 보면 되잖아?"

"남자는 큰 가슴을 보면 자연히 시선이 그쪽으로 향하게 되어 있다고. 본능이야."

남자한테는 고성능 록 온 기능이 달려있다.

나도 여성의 가슴에 눈이 팔려서 미움받고 싶지는 않지만, 이건 불가항력이다.

미안한 기색도 없이 당당하게 단언하는 나한테, 마리에는 무표정한 얼굴로 로우 킥을 날렸다.

여리여리한 겉모습과는 반대로 묵직한 로우 킥이 내 종아리에 박혔다.

"아악?! 말도 없이 차지 말라고!"

"말하면 차도 된다는 거지?"

미소 띤 얼굴로 주먹을 쥐는 마리에를 보고, 나는 양손을 들어 항복했다.

"폭력으로 뜻을 관철하다니, 비겁한…… 아, 농담입니다. 죄송합니다. 앞으로는 가능한 한 보지 않도록 유념하겠습니다."

"나 참. 정말로 글러 먹은 남자네. 약혼자가 있는데도 다른 여자를 보고 헤벌쭉거리다니, 최악이야. 애초에…… 내, 내 가슴은 전혀 안 보면서."

후반은 무척 가냘파서 듣기도 어려울 만큼 작은 목소리였지만, 똑똑하게 들은 나는 마리에한테 웃으면서 답해 줬다.

"볼 가슴이 없는데 보라니, 그런 난센스—— 아악?!"

"이럴 때는 못 들은 척하든가, 센스 있는 말을 하라구!"

비웃었더니 곧장 마리에의 날카로운 주먹이 내 몸 깊숙이 꽂혔다.

너무나도 격심한 고통에 무릎이 저절로 꿇렸다.

마리에는 고통에 몸부림치는 무시하고 창밖을 바라봤다.

"뭐, 주인공의 연애도 무사히 진행 중으로 보이네."

"그, 그러게나 말입니다."

나는 마리에의 말에 동의하는 게 기껏이었다.

◇

남자 기숙사로 돌아온 나는 방을 찾아온 친구들을 상대하고 있었다.

안경을 쓴 작은 몸집의【레이먼드】는 내 이야기에 격하게 반응했다.

"그 세 사람이 퇴학 될지도 모른다니?!"

이거, 옆방에서 시끄럽다고 항의가 오겠구만.

"목소리 좀 낮춰. 가능성의 이야기야. 정해진 게 아니라고."

내가 타일렀지만, 또 한 명의 친구인【다니엘】도 흥분해서 목청이 커졌다.

"가능성이 있는 것만으로도 큰 문제잖냐!"

두 사람이 이렇게까지 당황하는 데는 이유가 있다.

왕국의 귀족 사회는 여성에게 매우 관대하지만, 그렇다고 무제

한으로 관대한 건 아니다.

귀족으로서 기초를 배우는 학원에서 졸업하지 못하는 건, 귀족의 자격을 갖추지 못했다는 뜻이나 마찬가지다.

그런데 비교적 졸업이 쉬운 여학생이 학원에서 낙오했다? 그날로 귀족 사회와는 작별이다. 사실상 귀족의 삶이 끝나는 거다.

즉, 그 세 사람은 남학생들의 결혼 대상에서조차 탈락한다.

레이먼드가 머리를 마구 헝클었다.

"아아아악! 곧바로 어떻게든 해야 해! 던전 공략에 관해서는 학원도 관대하지 않다잖아! 자칫 정말로 퇴학당할지도 모른다고!"

두 사람이 매우 당황하는 모습을 보며, 나는 큰 한숨을 내쉬었다.

"억지로 하려 해도 당사자들이 의욕이 없으니, 데리고 가 봤자 위험하기만 할 뿐이야. 사실상 이미 손쓸 도리가 없는 거 아닐까?"

내 발언이 마음에 들지 않는지, 다니엘이 내 멱살을 잡아 올렸다.

"포기하지 마라, 리온! 이럴 때야말로 너의 악독한 꾀를 써야지! 실은 뭔가 방법이 있지? 비겁한 너라면 미리 준비한 게 있을 거 아니야?!"

레이먼드도 격렬하게 동의했다.

"그래! 너라면 그 세 사람을 퇴학시키지 않을 수단을 떠올릴 수 있겠네! 리온, 평소처럼 비겁한 수단이라도 좋으니까, 가르쳐 줘!"

나는 두 사람의 말투에 큰 충격을 받았다.

"너, 너희들…… 나를 그토록 비겁한 놈이라고 생각하고 있었던 거냐?"

이 자리에서 오해를 풀지 않으면 나는 계속 비겁한 놈 이미지일 거다.

대화하면 이해해 줄 터, 라고 생각하고 있었는데—— 다니엘과 레이먼드는 그럴 겨를이 아니었다.

"지금 그게 중요한 게 아니라고! 빨리, 그 세 사람이 퇴학하지 않을 방법을 생각해!"

"비겁한 녀석이라는 말이 왜 안 중요하냐! 아~, 나는 비겁해서 의욕이 생기지 않네~. 의욕이 사라진다~."

노골적으로 삐쳐 보이자, 다니엘과 레이먼드가 서로 얼굴을 마주 보며 고개를 끄덕였다.

뭘 하려는 건지 낌새를 지켜보고 있자, 다니엘이 나를 놓아줬다.

다니엘이 멱살을 잡았던 손을 떼자, 나는 의자에 앉아 두 사람을 봤다.

"오? 왜 그래? 사과할 마음이 들었냐? 지금이라면 사과의 말을 400자 내외로 하는 걸로 용서해 주지."

자못 거만한 태도로 그렇게 말하자, 다니엘과 레이먼드 두 사람이 자리를 털고 일어났다.

"어? 갑자기 어디 가?"

문손잡이에 손을 댄 다니엘이 고개만 뒤돌려 대답했다.

"그룹 녀석들을 불러 모으러."

"뭣?! 너희들 무슨 생각이야?! 이 이상 이야기를 크게 만들지 말라고!"

학원에는 같은 처지인 남학생들이 모인 그룹이 존재했고, 우리 도 거기에 소속되어 있었다.

같은 고민을 안고 있는 사람끼리, 학원 내에서 여러 가지로 서 로 협력하는 관계다.

"이건 우리 그룹 전체의 문제라고! 그 세 사람이 퇴학이라니, 우리는 절대로 용납 못 해! 리온, 우리는 진심이다."

"오우……."

두 사람은 내 방에서 나갔고, 복도를 뛰어가는 발소리가 서서 히 멀어져 갔다.

아무래도 내 생각보다 훨씬 절실했던 모양이다.

시험 삼아 부추겨 낌새를 본 건데, 예상보다 큰일이 될 것 같군.

"예정보다 전력이 모일 것 같구만. 이러면 어떻게든 되려나? ──마리에의 부탁도 이걸로 어떻게든 된다면 좋겠는데 말이지."

내가 주도하여 전력을 모을 수도 있지만, 그러면 따질 것도 없 이 내가 던전 공략 리더가 될 것이다.

많은 사람을 이끌고 던전 공략은 너무 귀찮기에, 가능한 한 편 하게 가려고 다니엘과 레이먼드를 부추겼는데…… 상상 이상의 효과였다.

일이 너무 잘 풀려서 놀라울 지경이다.

다만 집단이 커지면 동시에 성가신 일도 늘어난다.

"이대로 아무 일도 없이 끝나면 좋겠는데."

◇

"여신들의 퇴학을 단호히 저지하라!"

며칠 뒤.

우리는 왕도 던전 입구에 와 있었다.

남자 놈들 앞에서 큰 목소리로 기합을 넣는 3학년【루클】선배.

실눈이 특징인 수상쩍은 느낌의 선배인데, 오늘은 평소와 다르게 얌전한 분위기가 아니었다.

이번 던전 공략에 의욕적인지, 평소보다 패기 넘쳤다.

그를 따라 모인 멤버들도 투기에 불타기는 마찬가지였다.

"그녀들을 퇴학에서 구원하라!"

"미래의 아내는 내가 지킨다!"

"잠깐, 어떤 놈이야? 혼란한 틈을 타서 미래의 아내라고 지껄인 녀석은?"

이들은 가난한 남작가 그룹의 남학생들이다.

놀랍게도 구성원의 모두가 빠짐없이 이 자리에 모였다.

그만큼 마리에의 친구들이 퇴학하는 것을 저지하고 싶은 거다.

다니엘과 레이먼드는 물론, 다들 사람이 변한 것처럼 의욕으로 가득 차 있었다.

왕도 던전은 왕국 병사들이 경비하며, 학생이 아닌 모험가들도 드나드는 곳이라 사람의 왕래가 잦다.

괴이한 열기에 불타는 그들을 지켜본 행인들이 저마다 쑥덕였다.

"이 시기에 학원 학생이 오다니 별일인데."

"여학생의 치다꺼리치고는 의욕적이군."

"일에 방해되지만 않았으면 좋겠는데."

일반 모험가에게 귀족 모험가는 그다지 반가운 존재가 아니므로 얽히기를 꺼리는 경향이 있다.

던전 공략용 장비를 착용한 마리에가 남자 놈들의 반응을 보고는 내 팔을 잡았다.

"어떻게 협력을 얻어낸 거야?"

"세 사람의 퇴학이 걸려 있다고 말했더니 다들 의욕적으로 협력하더라."

나도 모르게 작게 한숨이 나왔다. 내가 봐도 저 녀석들의 열의는 심상치 않았다.

학원의 남자들이 결혼 활동에 필사적인 건 알고 있었지만, 이렇게까지 굶주려 있을 줄은 몰랐다.

마리에도 그게 걱정인 모양이었다.

"저렇게 놔둬도 괜찮은 거야? 의욕이 지나쳐서 망치면 곤란한데."

"그건 리더랑 잘 조정해야지."

안 그래도 던전에 들어가기 전에 리더를 맡은 루클 선배와 의

논하기로 했다.

내가 다가가자, 우쿨렐레 선배가 손을 들어서 날 환영했다.

"오, 리온 군. 오늘 던전 공략에 불러줘서 고맙다. 덕분에 여신들 앞에서 모험가다움을 보여줄 기회가 생겼어."

남자들은 이번 던전 공략으로 여자들에게 점수를 딸 생각인 듯했다.

"제게도 좋은 일이니 고마워하지 않으셔도 됩니다. 그보다, 다들 의욕이 지나쳐서 다치지 않을지 걱정입니다만."

의욕 넘치는 건 좋지만, 마리에의 말처럼 망치는 건 곤란하다.

던전 안에서는 항상 침착함을 유지해야 한다고 수업에서 가르칠 정도다.

녀석들 좀 진정시켜 보라는 뜻을 넌지시 전하자, 루클 선배가 머리를 긁적이며 곤란한 표정을 보였다.

"으음, 역시 리온 군이 보기에도 의욕이 과한 것 같나? 여자에게 점수 딸 기회만 생기면 다들 이 모양이라서 말이지."

루클 선배는 마리에 의해 억지로 끌려온 세 사람에게 시선을 던지며 말했다.

의욕이 전혀 없는 거 같은데, 그 와중에도 장비는 멀쩡하게 차고 나왔다.

짐이나 도구가 조금 부실한 거 같지만, 애초에 그녀들에게 싸우길 바라는 게 아니므로 크게 중요하진 않다.

굳이 역할을 따지자면 남자들의 동기 부여 정도려나.

루클 선배가 턱에 손을 대고 조금 감탄했다.

"그런데 저 셋을 용케 던전까지 불러냈구나. 마리에 씨가 설득해 준 건가?"

"던전에 가는 대신 3학년의 목표 계층까지 공략하라는 조건입니다. 이참에 한 번에 3년 치 과제를 끝내려는 거겠죠."

한 번에 다 끝내고 다시는 나오지 않겠다는 의지다.

사실 조금 어처구니가 없는 무모한 조건인데, 남자들에게는 점수만 딸 수 있다면 이 정도는 문제가 아니었다.

"쉽지는 않겠지만, 다른 여자들에 비하면 이 정도 조건은 대수롭지 않지. 일단 불가능한 수준은 아니잖아?"

"저 1학년 녀석들을 데리고 가는데도요? 발목이나 잡아댈 애들을 3학년 층까지 이끄는 게 말처럼 간단할 리가 없지 않습니까?"

루클 선배가 너무 쉽게 생각하는 것 같은데.

그러자 루클 선배가 웃으면서 말했다.

"전혀 전투를 돕지 않는 여학생을 지키면서 던전을 공략하는 게 일상인 우리에게, 이 정도야 우습지. 게다가 리온 군은 이미 던전을 공략한 업적이 있잖아. 3학년의 어중이떠중이들보다 실력이 좋을 것 같은데?"

아무래도 선배는 나를 공략 전력으로 생각하는 모양이었다.

"제가요? 저는 1학년 나부랭이답게 묻어서 가고 싶은데요."

가볍게 농담하자, 루클 선배가 고개를 저었다.

"그건 안 될 것 같다. 나는 이번 공략의 리더를 너에게 맡길 생각이거든."

"……예?"

루클 선배는 농담하는 분위기가 아니었다.

"아뇨, 안 되죠! 저는 고작 1학년이라고요. 다른 선배들이 1학년 말에 따르는 걸 납득할 리가 없잖아요?"

아무리 실적이 있다고 할지라도, 저보다 어린 녀석의 명령에 따르기는 어렵다.

심지어 사회 물조차 먹지 않은 사람과 아닌 사람의 차이는 크다.

애초에 선배들한테 이것저것 지시를 내리기 싫어서 일부러 다니엘과 레이먼드를 부추겼던 게 아닌가?

그런데 나더러 리더를 하라니?

시작도 전에 내 계획이 절체절명의 위기에 놓였다.

루클 선배가 미안한 얼굴로 내게 부탁했다.

"네 말도 틀리진 않아. 하지만 너 말고는 적임이 없다. 다른 리더를 사람이 맡으면 공략 도중에 서로 죽이려 들지도 몰라."

"예에?!"

이야기가 왜 그렇게 되는 건데?!

내가 이해 못하겠다는 얼굴을 하고 있으니, 루클 선배가 엄지로 뒤에 있는 남자 놈들을 가리켰다.

다들 의욕이 불타다 못해 눈에 핏발이 서 있었다.

"다들 여자애들한테 점수를 따려고 벼르고 있는 거 보이나? 이 상황에서 누구 하나를 리더로 지목하면 어떻게 될 것 같냐? 그놈이 점수를 다 가져간다고 불만이 나오겠지?"

리더의 지시에 따랐더니 여학생들에게 점수를 딸 기회가 오질 않았다……같은 사태가 나오면 그대로 파국이다. 리더가 자기만 점수를 따려고 자신에게 유리하도록 지시했다고 원한을 살 거다.

무엇보다 가장 큰 문제는, 리더가 아무리 공평하게 지휘해도 그 원한을 피할 수 없다는 점이다.

누구 하나라도 결과가 불만족스러우면 바로 불평이 날아올 테니까.

나는 순식간에 이 집단의 리더 자리가 몹시 위험하다는 걸 깨달았다.

귀찮고 어떻고는 이제 사소한 문제다. 이건 원한을 살 수밖에 없는 악마의 자리다!

"루클 선배, 역시 저한테는 무리입니다."

"아니, 이 조건에서 무사한 건 너뿐이다. 그래서 미리 상급생들의 동의도 받아놨어. 모두 네 지시를 따를 거다."

상쾌하게 미소 짓는 루클 선배. 선배도 아는 거다. 이 집단의 리더가 악마의 자리라는 걸.

나는 선배의 상쾌한 미소에서 흑심이 느껴지는 것 같았다.

"아니, 하지만!"

내가 납득하지 않자, 루클 선배가 남학생들한테 외쳤다.

"리온 군이 리더를 맡는 데 반대하는 사람?"

남학생들의 날카로운 시선이 나한테 모였다.

이 자리에 있는 모두가, 내가 다른 사람들을 앞질러 새치기하지 않을 것임을 알고 있다.

약혼자가 있는 나는 세 명의 여학생한테 어필할 필요가 없기 때문이다.

"이의 없음!"

"리온 말고는 맡길 수 없지!"

"내가 활약할 수 있도록 해달라고, 리더!"

3학년들이 미소 띤 얼굴로 나의 리더 취임을 인정해 주었지만, 속내가 있다는 걸 알고 있기에 전혀 기쁘지 않았다.

어쩐지 묘하게 배가 아파지기 시작했다.

"으윽…… 책임 있는 입장은 껄끄러운데."

나는 이전 생부터 책임이라는 말이 싫었다.

게다가 이번에는 결혼 활동에 필사적인 남학생들의 집단을 이끌고서 하는 던전 공략이다.

책임이 너무 무거워서 토할 것 같다.

괴로워하는 나를 보고, 마리에가 등을 문질러 주었다.

"아마, 네 성격상 편하게 해결하려고 생각한 거겠지만…… 이렇게 되니 고소하다는 말도 못 하겠네. 딱하게 됐어."

내가 무슨 생각으로 행동했는지 마리에는 꿰뚫어 보고 있었다. 그러면서도 이 집단을 이끈다는 것이 얼마나 큰일인지를 헤아리고, 나를 위로해 주었다.

마리에의 상냥함이 묘하게 마음에 스며들었다.

"나, 던전에서 무사히 돌아올 수 있을까? 배신당해서 죽는 거 아닐까?"

반은 농담이지만 반은 진심이다.

지금의 남학생들을 보고 있자니, 진심으로 나를 원망할 것 같아서 무섭다.

마리에가 내 등을 팡팡 두드렸다.

"정신 똑바로 차려! 그때는 내가 따끔하게 한 소리 해줄 테니까!"

"……약혼자가 믿음직할 따름이라 기쁘구만. 어쩔 수 없지. 그러면 슬슬 출발할까. 3년 치 과제를 이번에 모두 끝낸다."

마리에는 의욕이 없어 보이는 세 사람 쪽으로 고개를 향했다.

"너희 부탁으로 무리하는 거니까, 잘 따라오라구!"

마리에가 그렇게 말하자 신시아, 에리, 베티 세 사람은 작게 손을 들어 흔들었다.

알았다는 신호일까?

대답조차 하지 않는 모습을 보니 영 불안하다.

"저 세 명, 정말로 괜찮으려나?"

세 사람을 걱정하는 나한테 동의하는 것처럼, 마리에도 불안해하는 듯이 말했다.

"수업에 나와도 성실하게 임하지 않으니까, 실제로 어느 정도 실력인지 불명이란 말이지. 뭐, 평소 모습을 생각하면…… 응, 걱정이야."

나는 작게 한숨을 내쉬었다.

"세 사람의 호위를 좀 넉넉하게 붙여야겠어."

제04화 「준동」

마리에 일행이 던전을 공략하러 갔을 즈음.

【브리타】는 사람이 붐비는 학생 식당에서 사이좋은 둘과 점심을 먹고 있었다.

"마리에가 던전 공략으로 수업을 쉰 것 같더라. 대체 지금까지 뭐 하다가 3학기에 와서 서두르는 건지."

말에 가시가 있지만, 이건 브리타가 마리에를 걱정해서 하는 말이었다.

"동기 휴가 내내 계속 바빴던 거 아니야?"

"근래 발트파르트랑 정식으로 약혼했다면서 계속 들떠 있었으니까, 그냥 까먹고 있던 걸지도 모르지."

다른 두 사람이 달래듯이 말하자, 브리타는 마지못한 기색으로 납득했다.

그녀들과 마리에가 만난 건 오플리 가문 사건 때였다.

오플리 가문의 스테파니한테서 마리에를 괴롭히라는 지시를 받았던 게 바로 이 세 사람이다.

처음에는 브리타도 마리에를 약혼자가 있는 귀공자들한테 치근덕대는, 짜증 나는 여자라고 생각했었다.

하지만 그녀가 공적단에 붙잡혔을 때, 마리에가 도와주면서 인식이 바뀌었다.

그 후로는 친구로서 관계를 쌓고 어울려 지내고 있다.

"용케도 남을 돌볼 생각을 한단 말이지. 교사들도 포기한 애들인데 말이야. 그런 걸 좋아하나?"

브리타가 그렇게 말하자, 다른 두 여학생이 서로 얼굴을 마주 보며 쓴웃음을 지었다.

그리고 두 사람이 그 세 명에 관해 이야기했다.

"그래서 그 셋이 마리에 말을 듣는 건가? 다른 애들은 상대도 잘 안 하잖아."

"맞아. 교사들도 의외라는 반응이더라."

아무한테도 마음을 열지 않는 셋이 무슨 이유인지 마리에의 말은 따른다.

그 탓에 여자 기숙사에 살짝 소문이 돌고 있었다.

그때, 대화가 끊길 만큼 식당 안이 갑자기 소란스러워졌다.

단순한 번잡함과는 다른 반응이었다.

브리타가 술렁거리는 소리에 귀를 기울였다.

"뭐야?"

무슨 일인가 해서 보니, 뜻밖의 소식이 들려왔다.

한 남학생이 다급하게 소리치고 있었다.

"진짜 방금 듣고 왔다니까?! 갑자기 퇴학 처리됐다고! 걔들 모두 쫓겨나게 생겼어!"

느닷없이 퇴학이라니? 충격적인 소식에 두 사람이 눈을 휘둥그레 떴다.

"근래 누군가 퇴학당할 만한 사건이 있었던가?"

두 사람은 서로 얼굴을 마주 보고 고개를 갸웃했다.

"나는 들은 거 없는데."

"마리에가 유급할지도 모른다고 안절부절못하던 거 말고는, 나도 없어."

학원 측이 퇴학 처분을 내릴 때는 면밀한 조사가 이루어진다. 학원에서의 퇴학은 곧 귀족 사회에서의 추방을 뜻하기 때문이다.

무거운 처벌인 만큼 실수나 오류는 용납할 수 없기 때문에, 신중하게 처리해야 한다.

그래서 퇴학 처분 가능성이 나와도, 학생은 한동안 학원에 체재한다.

보통은 이 체재 기간에 퇴학 소문이 퍼지는데, 오늘 이야기는 이미 퇴학이 결정됐다는 통보였다.

브리타가 퇴학 처분에 관해서 이것저것 생각하기 시작했다.

"우리가 모르는 엄청난 사고가 있었나? 스테파니급의 사건을 저지른 게 아니고서야, 이런 갑작스러운 퇴학은 말이 안 돼."

그러자 다른 두 여학생이 고개를 가로저었다.

"그 스테파니조차도 절차를 밟아서 선고가 나왔잖아. 이렇게까지 갑작스러운 통보는 아니었어."

"그럼 스테파니 이상의 사건이라고? 대체 누군데? 서, 설마, 마리에는 아니겠지?"

브리타가 곧바로 부정했다.

"그건 아니겠지. 아직 3학기는 끝나지도 않았잖아."

"그렇게 되면 누군지 모르겠네."

세 사람이 이것저것 이야기하는 사이에, 새로운 정보를 가지고 온 학생이 식당으로 뛰어 들어왔다.

◇

【안젤리카 라파 레드글레이브】는 초조한 얼굴로 빠르게 복도를 걷고 있었다.

원래도 날카로운 인상이긴 했지만, 오늘은 유독 더 날카롭게 느껴졌다.

깔끔하게 세팅했던 머리도 살짝 흐트러져 있었다.

"퇴학 처분이라니, 나는 보고받은 게 없다만?"

안젤리카가 측근을 향해 물었다.

그녀들은 본가로부터 학원 내에서 안젤리카를 지원하도록 가르침을 받고 있다.

"저, 저희도 처음 듣는 이야기였어요."

"설마 파벌에서 퇴학자가 나오다니."

"소문조차 없었습니다. 이런 갑작스러운 퇴학 처분은 처음입니다."

안젤리카 일행이 동요하는 이유는 퇴학당한 학생들이 같은 파벌에 소속된 귀족 자제들이었기 때문이다.

귀족 사회의 그룹이나 파벌 형성은 학원이라고 예외가 아니다.

자기 파벌에서 측근을 보내면 자신의 의지와는 상관 없이 귀족 사회의 관계 구도를 학원 내로 가져오게 된다.

물론 이걸 무조건 잘못됐다고 할 수는 없다.

학원에서 친해진 상대가 졸업 후에 다른 파벌에서 적으로 만나는 경우를 방지할 수 있기 때문이다.

또한 한 파벌로 뭉침으로써, 상대의 공격에 대응할 수 있는 범위가 커진다. 온갖 음모에 대항할 수단이 되는 것이다.

장래 왕비가 될 안젤리카에게 다른 남자들이 꼬이는 걸 막는 벽의 역할 또한 그들의 임무다. 엉뚱한 남자와 스캔들이 생기면 왕태자비에 어울리지 않는다는 목소리가 나오기 때문이다.

즉 안젤리카가 측근한테 둘러싸여 있는 건, 오로지 본가의 권력만이 이유는 아니다.

그런데, 그렇게 뭉쳐야 할 파벌에서 느닷없이 퇴학자가 발생했다.

파벌에 소속된 귀족 자제들을 통솔하는 안젤리카한테는 중대사였다.

"무슨 일이 일어나고 있는지 철저하게 조사해라. 나는 학원 측과 이야기하겠다."

"네, 넵!"

안젤리카의 명령을 받고 측근 여학생들이 방향을 바꾸어 뿔뿔

이 흩어졌다.

혼자가 된 안젤리카는 직원실 앞에 오자 한 호흡 뜸을 두고 나서 외쳤다.

"1학년의 안젤리카 라파 레드글레이브입니다. 용무가 있어 찾아왔습니다."

문 건너편에서 소리가 들렸고, 몇 초 뒤에 심약해 보이는 교사가 문을 열고 밖으로 나왔다.

"무슨 일이지요?"

안젤리카는 대번에 상대가 자신을 안에 들일 생각은 없음을 알아차렸다.

"퇴학자 건으로 확인해야 할 일들이 있습니다. 책임자분과 이야기할 수 있습니까?"

안젤리카는 학생의 신분이지만 동시에 레드글레이브가의 영애이다.

교사라고 해서 그녀를 쉽게 대하면 언제 해고당해도 이상하지 않다.

교사는 식은땀을 흘리며 시선을 이리저리 헤맸다.

"책임자는 그…… 있습니다만, 지금은 안내해 드리기 다소 곤란한 상황입니다."

"어째서입니까? 굳이 따지자면 이 갑작스러운 퇴학 자체가 말이 안 되는 상황 아닙니까? 스테파니 사건 때조차 이런 식으로 처리하지는 않았습니다."

안젤리카가 추궁하자 교사가 어렵게 입을 열었다.

성량을 낮추고, 문 너머에 들리지 않도록 신경 쓰면서.

"저희도 당혹스럽습니다. 하지만 왕태자 전하께서 직접 증거를 모아오시는 바람에 어쩔 수가 없었습니다."

"전하께서?"

율리우스가 이번 퇴학의 발안자라는 말을 듣고, 안젤리카는 충격을 받았다.

안젤리카의, 레드글레이브 가문의 파벌은 율리우스를 후원하는 자들이다.

그런데 후원자들을 자기 손으로 내치다니, 사실상 배신이었다.

"마, 말이 안 됩니다. 전하께서 그들에게 왜 퇴학을――."

교사도 파벌 사정을 알고 있는지 당혹스러운 눈치였다.

"퇴학은 중대사안인 만큼, 저희도 몇 번이고 재고하시기를 진언하였습니다만, 전혀 듣지를 않으셨습니다."

학원 교사들이라도 왕태자의 의견을 무시할 수는 없었던 모양이다.

안젤리카는 교사들의 한심함에 분노를 느꼈다.

미간을 찌푸리고 교사를 노려봤다.

"아무리 전하의 제안이라도 그걸 그대로 실행하다니, 이게 무슨 경우입니까? 아무리 전하께서 억지를 부리셔도 절차대로 하셨어야죠!"

율리우스의 의견 하나에 우왕좌왕하는 교사들을 보고 있자니

한심스러웠다.

하지만 교사도 어쩔 수가 없는 사안이었다.

"전하를 만류하기에는 너무 정황이 명백해서 명분이 없었습니다. 그녀들의 혐의에 관해 들으셨습니까? 던전 내 살인미수입니다. 전하께서는 이에 관한 확실한 증거를 가지고 계셨습니다."

안젤리카는 말문이 막혔다. 그 정도로 심각한 사안일 줄은 상상도 못 했기 때문이다.

"사, 살인미수라고 하셨습니까?"

"그렇습니다."

"대체 무슨 짓을……."

도무지 손 쓸 방도가 없다. 얌전히 퇴학당할 수밖에 없는 중대 사건이었다.

하지만 그래도 지나치게 갑작스러운 처리다.

"……그렇더라도, 이건 너무 성급합니다."

"그렇지요. 그러나 왕태자 전하께서 납득하시지 않았습니다. 던전 내 부정이 얼마나 심각한 일인지 아시지 않습니까?"

왕국 귀족 사회는 모험가의 후예로서 긍지를 중시한다.

던전에서 같은 학원 학생을 살해 기도했다는 건 그야말로 최악의 범죄다. 퇴학 사유로 충분한 사건이다.

"퇴학 처분을 받은 학생들과 이야기할 수 있습니까?"

"이미 기숙사에서 퇴사하도록 통보했습니다. 한동안은 왕도의 여관에 머물거나 각자의 본가로 돌아가겠지요."

"그렇군요. 감사합니다. 저는 이만."

걸어서 떠나가는 안젤리카의 내심은 분노와 수치심으로 가득했다.

'어찌 이리도 멍청한 짓을! 얼마나 어리석은 짓을 저질렀는지 알고는 있는 건가?'

파벌 동료가 모험가의 금기를 저질렀다.

이 사건으로 학원 내 안젤라카의 평판은 크게 실추될 것이다.

많은 학생을 통솔하는 자는 그만큼 책임도 크기 때문이다.

어리석은 몇몇 학생들로 인해 안젤리카가 추궁받을 상황이 오고 있었다.

◇

올리비아의 살인을 기도한 학생들이 퇴학 처분을 받았다는 소문이 온 학원을 휩쓸고 있을 무렵.

소문의 주인공은 자기 방에서 침대에 앉아 독서 중이었다.

그녀의 손에 들린 책은 왕국 역사서였다.

올리비아는 읽는 데 지쳤는지 책을 덮으며 중얼거렸다.

"몹시 화려하게도 꾸며놨구나. 이야기로는 재미있을지 몰라도, 역사적 가치는 형편없는 수준이야."

무가치하다고 판단하더니, 들고 있던 책을 바닥에 내던졌다.

올리비아는 다리를 꼬고는 미소를 띠었다.

"자, 이제 어떻게 즐겨 볼까?"

진짜 올리비아와는 다른 요염한 미소를 지으며, 이제부터 이루어질 왕국의 파멸을 진심으로 대망했다.

혼자서 웃고 있던 올리비아였으나, 사람의 기척을 느끼고 표정을 고쳤다.

"긴 귀인가."

자세를 고치자, 문을 거칠게 노크하는 소리가 났다.

대답하기 전에 문이 열리고 엘프 소년이 들어왔다.

올리비아의 전속 사용인인 【카일】이다.

앳됨이 남아 있는 소년은 엘프의 특징인 기다란 귀를 지니고 있었다.

시건방진 얼굴을 하고 있었는데, 성격도 그에 못지않았다.

그는 바닥에 내던진 책을 보고 표정을 일그러트렸다.

"또 책을 내던지셨군요."

카일은 책을 주워 책상에 올려놓고 어처구니없다는 눈으로 올리비아를 보았다.

"상처가 막 나은 참이라고는 해도, 요즘 너무 해이해요."

올리비아의 몸을 빼앗은 사념체 앤은 카일의 태도에 심기가 불편해졌다.

"──카일 군, 그게 주인에게 보일 태도야? 나는 너의 주인, 즉 고용주야. 너는 노동자고. 언동을 조심하는 게 좋지 않을까?"

웃으며 말하자, 카일이 조금 당혹스러워했다.

하지만 한창 시건방질 시기이기도 하기에 올리비아한테 말대꾸했다.

"갑자기 드센 태도로 나오다니, 무슨 심경의 변화죠? 말해 두겠지만, 노동자에게는 노동자의 권리가 있는 법이에요. 저는 제 직무를 수행했을 뿐, 질책받을 이유는 없어요."

그렇게 말하고 방 청소를 시작하는 카일.

그러자 올리비아는 진지한 표정으로 입을 열었다.

"주인이 대답하기 전에 멋대로 들어오는 게 카일 군의 일이야? 실례잖아."

"예? 아, 아니, 그건…… 이제껏 아무 말도 없으셨잖아요."

"그렇다고 정식으로 허락한 적도 없어. 앞으로는 조심해."

올리비아의 정론에 카일은 침묵했다.

올리비아는 강한 어조로 내뱉었다.

"대답도 못 해?"

"아, 알았어요!"

카일은 그렇게 말하고 그대로 방에서 나가 버렸다.

올리비아는 어처구니가 없어 작게 한숨을 내쉬었다.

"대체 뭘 하러 온 거야? ——올리비아가 오냐오냐하니까 버릇이 없어. 그냥 처분할까? 이런 일에 신경 쓰는 것도 귀찮은데."

문제아 사용인 카일을 어떻게 할지 생각하고 있자, 올리비아의 손이 그 결정에 저항하듯 멋대로 떨렸다.

"하, 끈질긴 애구나. 아직도 버티고 있다니."

주먹을 꾹 쥐자, 떨림은 어이없게 멎었다.

올리비아는 작게 한숨을 내쉬었다.

"네가 매번 이런 식으로 저항하는 건 곤란한데. 알았어, 처분은 보류해 줄게. 하지만 제 분수를 깨닫게는 해야지. 안 그래?"

◇

리온 일행이 던전에 들어가고, 학원 안이 퇴학 사건으로 소란스러울 무렵.

루크시온은 사념체를 연구하고 있었다.

이민선인 루크시온 본체 안에서 사념체를 엄중하게 가뒀다.

커다란 유리 구체 내부에 갇힌 사념체는 마치 검은 불꽃처럼 일렁이고 있었다. 불꽃 속에서 사람이 무릎을 끌어안고 있는 모습 같았다.

그러나 루크시온의 목적은 외관이 아니라 사념체의 기억이다.

『한 번 더 질문하겠습니다. 당신은 왕국의 과거를 알고 있습니다. 당시의 상황을 말할 생각은 없습니까?』

담담하게 질문하는 루크시온.

사념체가 고개를 들었다.

아몬드 모양의 두 개의 노란 빛이 사념체의 눈을 대신했다.

「질리지도 않나? 로스트 아이템이 우리의 과거를 왜 알고 싶어 하지? 너희의 시대는 그보다 한참 이전일 텐데?」

성녀의 사념체는 루크시온이 왜 왕국의 과거를 알고 싶어하는지 이해할 수 없었다.

　루크시온이 장치를 기동하자 플라스크 같은 커다란 유리 구체 내부에 전류가 흘렀다.

　사념체가 괴로움에 몸부림쳤다.

　「끄아아아악!!」

　『그건 당신이 알 필요 없습니다. 정보의 가치를 판단하는 건 접니다. 당신은 질문에 대답만 하시죠.』

　루크시온은 사념체를 상대로 무자비했다.

　사념체에게 효과적인 수단을 찾은 이후로, 망설임 없이 고문했다.

　그러나 성녀의 사념체 또한 끈질기게 버텼다.

　「내 대답은 같다. 먼저 리아를 이 자리에 데리고 오—— 끄아아아아악!!!」

　루크시온은 말없이 장치를 기동했다.

　『당신의 요구를 들어줄 이유는 없습니다. 다시 묻겠습니다. 왕국의 과거를 아는 대로 전부 이야기하십시오.』

　전류에서 해방된 사념체는 유리에 달라붙어 루크시온의 단말을 노려보며 말했다.

　「네가 요구를 받아들일 때까지 단 한마디도 알려주지 않겠다. 나는 이 정도로 포기하지 않는다.」

　괴기하게 웃어대는 사념체의 모습에 루크시온은 어처구니없다

는 듯한 반응을 보였다.

『신인류는 사념체가 되어도 포기할 줄 모르는 모양이군. 말할 때까지 반복하겠습니다.』

다시금 전류가 흘러, 사념체가 움직임을 멈출 때까지 계속되었다.

루크시온과 사념체 간의 응수는 계속되었다.

제05화 「리온과 마리에의 던전 공략」

우리는 던전 초입을 유유히 나아가고 있었다.

아직은 완만하게 지하로 나아가는 구조가 이어지고 있다. 왕도 던전은 입구부터 던전 중반까지는 갱도처럼 정비가 되어있다.

벽이나 천장에 있는 마석이 빛을 발하고 있기에 칠흑처럼 어둡지도 않다.

물론 그래도 랜턴 같은 조명이 필요하지만.

지도를 든 채 걷고 있는 내 옆에서는 마리에가 랜턴을 들어 지도를 비춰주었다.

나는 동료들에게 방향을 지시했다.

"다음 갈림길에서 왼쪽으로 간다."

그러자 남학생들한테서 띄엄띄엄하게 "오냐", "예~이" 하는 대답이 돌아왔다.

아직 던전의 초입이라 다들 긴장감이 없었다. 오죽하면 간혹 잡담이 들려올 정도였다.

"세 명의 호위는 번갈아 가면서 한다고 하지 않았냐? 지금 누구야?"

"빨리 순서가 왔으면 좋겠다. 그리고 내가 그녀들을 위기에서 멋지게 구하는 거지."

"그러게. 호위 중에 무슨 일이 일어났으면 좋겠다."

멋진 모습을 보여서 점수를 따겠다는 생각으로 가득한 대화였다.

내가 잡담을 아무 말 않고 넘기자, 마리에가 뺨을 부풀리며 불쾌한 듯이 말했다.

"남자들의 슬픈 망상을 계속 들으려니 짜증이 나는데."

슬픈 망상이라니, 너무하구만.

그들이 오늘 기꺼이 던전에 들어가는 가장 중요한 이유라고.

여자를 궁지에서 구해 반하게 하겠다! 정도의 망상은 눈감아줬으면 한다.

"다들 필사적이라서 그래. 가엾게 봐달라고."

"필사적? 긴장감이 없는 거겠지."

그것도 틀린 말은 아니다. 이미 몇 번 몬스터와 대치했는데도, 남자들은 긴장감이 전혀 없었다.

"3학년이 있으니까, 어떻게든 된다고 생각하는 거겠지."

나는 선배들의 뒷모습을 바라보며 말했다.

그들은 긴장 풀린 놈들과 달리 적을 경계하면서, 익숙한 몸놀림으로 던전을 나아갔다.

1학년과는 달리 경험이 많은 것이다. 3학년쯤 되면 이미 여러 번 이곳을 왔을 테니까.

경험 풍부한 그들은 쓸데없는 긴장 없이 앞으로 나아가고 있다.

다만, 마리에는 납득이 되지 않는 모양이다.

"방심은 금물이라고 생각하는데? 흉포한 짐승이 머무는 숲에서 긴장을 늦추면 아무리 능숙한 사냥꾼이라도 무사하지 못해."

마리에가 경험에서 비롯된 조언을 내놓았다.

아무래도 우리가 던전을 얕보는 줄 착각한 모양이군. 몹시 유감이다.

"남자들은 학원을 졸업할 때까지 질리도록 던전 공략을 반복한다고."

"그건 나도 알아. 하지만 그게 안전의 보장이 되지는 않잖아."

1학년 과제를 미달성한 나조차도 다니엘이나 레이먼드와 함께 몇 번이고 왕도 던전을 돌았다.

물론, 모험가의 후예라면 휴일에는 던전에 도전해야지! 라는 특이한 생각으로 오는 녀석들도 있지만, 우리 같은 가난뱅이 그룹 남자들이 던전에 가는 건 더욱 절실한 이유가 있다.

바로 돈이다.

"저 녀석들이 평소에 어디서 구르는지 알아? 던전 중층 부근이야."

"중층? 그게 어느 정도 수준인데?"

나는 깊은 한숨을 내쉬었다.

도중까지의 경로를 다 확인했기에, 지도를 품에 집어넣었다.

마리에한테서 랜턴을 받아 왼손에 들고, 시선을 움직여 주위를 둘러본 뒤 이야기를 재개했다.

"학원이 3학년한테 내주는 과제가 중층의 입구까지야. 하지만 우리 가난뱅이 그룹 남자들은 거기서부터 한층 깊은 곳에 나아가서 마석이나 자원을 챙겨 돌아오지."

왕도 던전은 입구부터 중층 초입까지는 사람의 왕래가 잦아서 그렇게 위험하지 않지만, 그만큼 마석이나 금속이 적어 소득이 별로 없다. 정말 돈을 벌고자 한다면 사람의 왕래가 적은 깊은 곳으로 나아가야 한다.

왕도 던전은 던전 깊이 들어갈수록 마석의 질이 좋고, 희귀한 금속이 많다. 당연히 가격도 더 비싸다.

던전에서 돈을 벌려면 당연히 알아야 하는 지식이지만, 마리에는 나한테서 생활비를 받아 쓰는 탓에 이런 정보가 부족한 모양이었다.

"듣고 보니. 그 여성향 게임에서도 깊은 곳으로 나아가는 편이 돈을 더 잘 벌었었지."

깊은 곳으로 가면 갈수록 수입이 좋아지는 건 게임과 같다. 아마 게임의 설정이 적용된 거겠지.

나는 이전부터 품고 있던 의문을 입에 담았다.

"애초에 금속이 나오는 것만 봐도 이상해. 채굴해도 얼마 지나면 또 재생되잖아? 정말로 게임 같은 세계야."

이런 부분에서는 유독 그 여성향 게임의 흔적이 느껴진다.

마리에는 시선을 움직여 던전 안을 둘러보았다.

"갱도 같다고 생각했는데, 그렇게 들으니 갱도 그 자체네."

"호르파트 왕국을 지탱하는 자원 채굴장이지. 던전이라는 건

실로 형편 좋은 존재야."

왕도 던전은 호르파트 왕국이 지닌 힘의 원천이다.

이 던전을 발견했기에, 호르파트 왕국이 탄생했다고 말해도 과언이 아니라고 역사 수업에서 배웠다.

마리에는 눈동자를 반짝였다.

"그건 즉, 유익한 던전을 발견하면 엄청난 부자가 될 수 있다는 말이지?"

어째 나쁜 꾀를 꾸미고 있을 듯한 얼굴을 하는 마리에를 보고 나는 깊은 한숨을 쉬었다.

"인제 와서 우리가 던전을 발견해서 뭐 하겠다고?"

"꿈 정도는 꿔도 괜찮잖아."

"별로 의미 없잖아."

우리한테는 루크시온이 있기에 던전을 찾지 않아도 의식주에 곤란할 일은 없다.

할 생각은 없지만―― 루크시온이라면 세계 정복도 가능할 거 같다.

의욕이 없는 나를 보고 마리에는 어처구니없어하며 고개를 가로저었다.

"리온은 향상심을 가질 필요가 있어. 만사에 의욕이 없는 건 문제라고 생각해."

"네 욕망이 너무 강한 게 아니고?"

"무슨 의미야?"

내 말을 용납할 수 없었는지 마리에가 노려봤다.

"딱히 아무 의미 없는데? 그냥 인생 역전을 노리고 다섯 귀공자에게 접근하던 사람이 생각났을 뿐이야."

뻔뻔하게 말했더니, 마리에가 분노로 이를 갈았다.

열받는데 받아칠 말이 없는 것이다.

음, 통쾌하군.

내가 전방으로 시선을 향하자, 루클 선배 일행이 멈춰 서서 이쪽을 돌아보고 있었다.

루클 선배의 수신호를 확인한 나는 집단에 멈추도록 지시를 내렸다.

"전원, 정지."

루클 선배가 이쪽으로 다가오더니 위험을 알려주었다.

"앞에서 몬스터의 기척이 느껴져. 숫자가 제법 많아. 어떻게 할래?"

역시 3학년. 이게 경험의 차이인가.

"저는 아무것도 느껴지지 않습니다만?"

"너도 머잖아 느낄 수 있게 될 거야. 그래서 돌파할래, 우회할래?"

'머잖아'라는 표현에서 학원 남학생들의 처지가 느껴져서 살짝 침울해졌다.

그건 제쳐 두고, 지금은 리더로서 판단을 내려야 한다.

"피할 수 있다면 피하죠. 깊은 곳으로 갈 건데, 굳이 소모할 이유가 없습니다."

루클 선배와 경로 상담을 하고 있자 지금까지 얌전했던 레이먼드가 손을 높이 들었다.

"직진이 좋다고 생각합니다!"

레이먼드를 보니, 이동이 중단되어서 책을 읽기 시작한 에리한테 시선이 향해 있었다.

던전까지 와서 책이라니, 독서 애호가는 굳건하구만.

베티는 지면에 뭔가 그림을 그리기 시작했고, 신시아는 남학생들한테 기대다시피 하며 잠들려 하고 있었다. 신시아가 기댄 남자는 무척 기쁜 표정이었고, 그걸 본 다른 녀석들은 살의가 피어오르고 있었다.

──이 집단, 싫어.

"……왜 돌파하고 싶은지 말해봐라, 레이먼드."

들으나 마나 '여자들 앞에서 활약하고 싶어서'겠지만.

그래도 레이먼드는 나름 지적인 편이니 그럴싸한 말로 포장할지도 모른다.

"몬스터를 쓰러트려야 여자한테 점수를 딸 수 있잖아."

아무래도 내가 레이먼드를 잘못 알고 있었던 모양이다.

"불허. 더 깊이 들어갈 때까지 참아."

내가 레이먼드의 의견을 배척하자, 이번에는 다니엘이 손을 들었다.

"리더! 몬스터 무리는 귀환할 때를 생각해서라도 소탕하는 게 좋다고 생각합니다!"

머리를 쓰는 일과 어울리지 않는 다니엘이 일리 있는 제안을 했다.

그러나 이 녀석도 여자한테 점수를 따고 싶을 뿐이겠지.

"여자애들 앞에서 폼 잡고 싶어서?"

"당연하지! 깊은 곳으로 갈수록 1학년이 활약할 상황이 줄어든다고! 우리가 점수를 딸 기회는 지금밖에 없다고 해도 과언이 아니란 말이다!"

휴일에 던전을 뻔질나게 다녀도 1학년과 3학년의 실력 차이는 크다.

깊은 곳으로 나아갈수록 활약이 돋보이는 건 상급생들일 것이다.

경험은 물론이고 몸도 우리보다 오래 단련했으니, 사실 당연한 일이다.

아니나 다를까, 선배들이 1학년들을 보며 흐뭇한 듯이 미소 짓고 있었다.

"하하핫. 꼭 그렇지는 않아. 너희도 활약할 기회가 있을 거다. 아마도."

빈말이다. 선배들도 나아갈수록 1학년이 활약할 기회가 줄어들 걸 알고 있다.

그래서 1학년들은 필사적이다. 어떻게 해서든 이 자리에서 어필하고 싶다는 말을 꺼냈다.

레이먼드가 나한테 매달렸다.

"리온, 부탁이야! 우리한테 기회를 줘!"

"여자애들 앞에서 이런 꼴을 보여주는 건 괜찮고?"

"헉?!"

레이먼드가 자기의 실수를 깨닫고 에리의 눈치를 살폈다. 정작 당사자는 딱히 신경 쓰지 않는 모습이었다. 오히려 남자애들의 시선이 쏠리는 게 더 불편해 보였다.

"아…… 저는 딱히 뭐라고도 생각하지 않아요."

에리의 말에 레이먼드가 감격의 눈물을 흘렸다.

"들었냐, 리온?! 어쩜 이렇게 상냥한 걸까! 다른 여자애들이었으면 매도하면서 욕을 했을 텐데."

우는 레이먼드의 모습을 보니 나조차도 측은지심이 들었다. 눈물이 나올 것만 같다.

"크흡! 레이먼드, 너……."

학원 여자들은 보통 지독한 게 아니다. 남자가 한심한 모습을 보이면 가차 없이 비웃고 매도한다.

나도 쉽게 상상할 수 있을 만큼 흔한 풍경이다. 학원은 그만큼 혹독한 장소다.

다른 남자들도 각자 당했던 수모의 시간이 떠올랐는지, 조용히 눈물을 흘리고 있었다.

나는 이 녀석들을 위해 활약할 기회를 주기로 했다.

"알았어! 1학년만으로 몬스터 무리에 도전하자. 우리의 힘을 세 사람한테 보여주자고."

그러자 레이먼드가 날 끌어안았다.

"고마워, 리온! 너는 비겁한 녀석이지만, 내 친구야!"

"하하핫! 비겁? 너는 내가 방금 한 말 기억해 둘 거다."

레이먼드와 서로 얼싸안는 나를 보고 있던 마리에가 양손을 허리에 대고 큰 한숨을 내쉬었다.

"너희들, 여자를 대체 뭐라고 생각하는 거야?"

마리에는 아무래도 학원 여자의 진실을 아직 모르는 모양인지, 영 찜찜한 표정을 짓고 있었다.

"너도 다른 여자애들이랑 지내봐라. 뼈저리게 이해할 수 있을 거다."

내가 레이먼드를 부둥켜안으면서 말하자, 마리에가 대뜸 짜증을 냈다.

"친구가 적어서 미안하게 됐네!"

딱히 친구가 적다고는 말하지 않았는데, 마리에는 내 말을 비아냥으로 받아들였다.

그렇지만, 마리에에게 평범한 친구가 적은 건 자업자득이다.

입학하고 곧바로 율리우스 전하 일행한테 접근해서 태반의 여학생들을 적으로 돌렸으니까.

나도 마리에가 브릿타를 포함한 몇몇 이외에는 다른 여학생들과 교류하는 모습은 본 적이 없다.

아직 여학생들 사이에서 마리에는 붕 뜬 존재인 거다.

어떻게 생각해도 마리에가 자초한 결과다.

오히려 그 상황에서도 친구를 만든 게 대단하다고나 할까.

나였으면 예외 없이 고립되었을 거다.

그런 생각을 하며 마리에를 보고 있자, 본인이 의아해했다.

"뭐, 뭔데?"

"아니, 자업자득이라고 생각—— 윽?!"

내가 말을 채 끝내기 전에, 마리에가 던진 돌멩이가 머리에 명중했다.

◇

무기를 든 1학년들이 몬스터 무리가 있는 방으로 돌입을 준비했다.

상급생들이 1학년한테 말을 걸었다.

"위험해지면 버티지 말고 불러라."

"곧바로 재빨리 도와주마."

"여자애들 시선을 너무 의식하다 다치지 말고."

상급생들이 보기엔 이 정도 문제는 사소한 일인 것이리라.

후배들이 힘내는 모습을 여유롭게 지켜볼 생각인 듯했다.

다니엘이 상급생들의 태도에 분개했다.

"여유롭기 짝이 없구만."

나는 무기의 상태를 확인하며 다니엘을 달랬다.

"실제로 여유로운 거야. 역시 상급생은 상급생이군. 다회나 선물 비용을 벌기 위해 던전에 틀어박힌 실력은 어디 안 가나 보네."

다니엘도 자기 무기를 확인하며 나와의 대화를 계속했다.

"리온, 너는 분하지 않냐?"

"현실이 그런 걸 어쩌겠냐."

내가 덤덤하게 받아들이는 반응이 마음에 들지 않았는지, 다니엘은 푸념하기 시작했다.

"하, 약혼이 정해진 녀석은 편해서 좋겠네. 우리처럼 초조할 일도 없으니."

나는 삐쳐 버린 다니엘을 신중하게 단어를 고르며 위로했다.

몬스터와 싸워야 하는데, 동료끼리 다투고 있을 수는 없다.

"기껏 승리자인 이 몸께서 패배자인 너희를 돕고 있잖냐. 불평할 틈이 있으면 감사를 하라고."

이런, 생각과 다르게 입에서 본심이 나와버렸다.

친구 놈들을 포함해 1학년들이 날 죽일 듯이 노려보기 시작했다.

각자 손에 익은 무기를 손에 들고 저마다 중얼거리는 소리가 내 귀에 들렸다.

"여기서 리온을 제거하면 마리에 씨도 솔로가 되는 거 아닌가?"

"참아, 아직이다. 여기서 죽이면 증거가 남아."

"그래. 죽일 거면 뒤처리도 확실하게 해야 해."

무서운 말을 하기 시작한 동료들. 나는 콧방귀를 뀌며 어깨를 으쓱했다.

도발로 한바탕 놀려준 나는, 녀석들의 긴장이 풀린 걸 확인하고 작전 개시에 나섰다.

"자 그럼, 패배자 제군. 우리 1학년은 활약의 기회가 적다. 이 소중한 기회를 최대한 이용할 준비가 됐나?"

얄미운 말을 하며 고무시키자, 다들 열받은 표정으로 고개를 끄덕였다.

"좋아. 1학년, 돌격하라!"

내가 신호하자 전위를 맡은 남자들이 일제히 몬스터가 있는 방에 돌입했다.

후방 지원을 맡은 남자들이 불빛을 확보하기 위해 마법을 사용했다.

방 안에서 준동하고 있던 몬스터들은 파도처럼 들이닥치는 남자들에 의해 검은 연기가 되어 사라져 갔다.

"좋았어어어어!"

전의가 충만한 다니엘이 몬스터 틈으로 뛰어들어 날뛰었다.

저러면 자칫 몬스터에게 둘러싸이기 일쑤이건만.

나와 레이먼드는 중위로서 방에 돌입하여 전위를 서포트했다.

레이먼드는 전위 놈들이 앞뒤 없이 마구 날뛰는 꼴을 보고 내뱉었다.

"생각 없이 뛰어들지 말라고 말했잖아! 서포트가 장난으로 보이냐!"

"말할 시간에 손을 더 움직여! 조금이라도 늦추면 부상자가 나온다!"

레이먼드의 등을 두드려 앞으로 보내고, 나는 뒤에 붙은 몬스터를 상대했다.

리더인 내가 전투에 솔선해서 참가할 필요는 없지만, 후방에서 보고만 있는 건 모양이 썩 좋지 않다.

나중에 '저 녀석, 명령만 내리고 아무것도 하지 않았잖아?'라는 말을 듣기 싫으면 하는 척이라도 해야 한다.

활약에 눈이 멀어버린 놈들을 대신해서 내가 후방 전선을 맡았다.

전방을 우회해서 몰려든 몬스터는 다른 놈들보다 약해서 상대하기 어렵지 않지만, 뒤에서 오는 공격을 방치하면 피해가 나온다.

나는 곧바로 달려가 몬스터를 칼로 내리치고, 다음 사냥감을 찾았다.

"다음은 너냐."

아무도 거들떠보지 않는 몬스터를 발견할 때마다 내가 처리하며 돌아다녔다.

그동안 다른 녀석들은 큰 놈이나 강적과 마음껏 싸우고 있었다.

"너희들, 확실히 활약해서 여자들한테 어필하라고."

뒤에서 말을 걸어 주니, 다니엘이 앞을 보면서 큰 목소리로 대꾸했다.

"말 안 해도 그렇게 할 거다!"

◇

　1학년 남자들이 싸우는 모습을 마리에는 통로에서 지켜보았다.

　마리에의 시선이 이리저리 뛰어다니는 리온을 향했다.

　"저 녀석, 리더인데 지시도 내리지 않고 뭐 하는 거야."

　마리에 안에서 리더란 침착하게 지시를 내리는 사람이다.

　뛰어다니며 조무래기만 상대하는 리온의 모습은 마리에의 리더상에서 동떨어져 있었다.

　하지만 선배들의 평가는 달랐다.

　루클 선배는 감탄한 기색으로 리온을 보고 있었다.

　"다른 사람이 싸우기 쉽도록 움직이고 있군. 역시나 던전 공략자야."

　다른 선배들도 동의하며 고개를 끄덕였다.

　리온이 좋은 평가를 받아 기쁜 마리에였으나, 그래도 싸우는 모습에 납득이 가지 않았다.

　"저 녀석, 더 잘 싸울 수 있을 텐데."

　불만스러워하는 듯한 마리에한테 가까이 다가온 건 신시아였다.

　마리에의 어깨에 들씌우는 것처럼 턱을 올리고, 체중을 실었다.

　"잠깐, 신시아, 무거워!"

　신시아는 마리에의 시선 끝을 바라보고 있었다.

　"……마리에의 약혼자는 약삭빠른 타입이네. 다른 사람이 움직이기 쉽도록 혼자서 잘 움직이고 있어."

나른해하는 듯한 신시아였으나, 오늘은 평소와 다르게 보였다. 던전에서 싸우는 남자들을 냉정하게 평가했다.

마리에는 강한 위화감을 느꼈다.

"신시아는 그런 걸 보면 알아?"

"……왠지 모르게."

신시아는 뜸을 두고 나서 대답을 흐렸지만, 시선은 남학생들한테서 떨어지지 않았다.

그녀의 시선은 남자들을 얼추 둘러본 뒤에, 리온에게 돌아왔다.

"행동으로 빛나는 타입이야. 성격만 더 성실했으면, 지금보다 위도 노려볼 수 있겠어."

신시아의 사람을 보는 눈이야 어쨌건, 마리에는 리온이 칭찬받아 기분이 좋아졌다.

"불성실한 저 녀석이 노력할 일이 있을까? 리온은 상승 지향도 없는 편이구. 더 올라가려 하지 않을 거야."

리온은 힘내지 않는다.

리온과 함께 지내 온 마리에는 리온을 잘 알고 있다.

리온은 100점 만점 중 70점만 받으면 여력과 상관 없이 만족한다.

만일 50점이라서 부족하면 위를 목표로 노력하겠지만, 목표를 달성하면, 그 이상은 노리지 않는다.

루크시온이라는 하이퍼 병기를 손에 넣었는데도, 야심이 없어서 출세에 이용한다는 발상이 떠오르지 않는 모양이다.

이따금 아무래도 좋은 일에 루크시온의 힘을 빌릴 때가 있을 뿐, 되도록 현상 유지를 우선한다.

　하지만 그런 리온도 신시아가 보기에는 고평가였던 듯하다.

　"집단에 공헌하면서 주위에 공로를 넘기고 자신은 나서지 않아. 좋네. 마리에, 너 좋은 남자를 붙잡았어."

　신시아의 말투가 마음에 들지 않았던 마리에는 신시아를 밀어내면서 받아쳤다.

　"붙잡았다니, 실례네. 쟤가 먼저 고백한 거라고."

　"오~ 뜨겁네. 그런 거에 관심 없어 보이는데, 의외로 열혈한 편?"

　신시아가 웃었다.

　이렇게 신시아가 기분 좋은 경우는 거의 없는데.

　마리에는 신시아에게 다른 사람을 보도록 재촉했다.

　"쟤가 중요한 게 아니잖아. 너희를 위해서 남자들이 필사적으로 싸우고 있다구. 신경 쓰이는 남자는 없어?"

　이번 던전 공략은 얘들을 위해 남자들이 협력한 거다.

　마리에는 남자들이 흑심으로 모였을지언정 도와주러 온 마음을 부정하지 않았다.

　그래서 넌지시 신경 쓰이는 남자가 없는지 물었지만, 신시아의 반응은 영 별로였다.

　"딱히 그런 남자애는 없는데~. 그냥 마리에가 리온이랑 헤어지면 말해줘. 내가 데려가려니까."

　"뭐?! 설마 리온을 노리는 거야?!"

마리에가 눈이 휘둥그레져서 경계하자, 신시아는 큭큭 웃었다.

"농담이야~. 친구의 남자를 노릴 정도로 타락하지는 않았어. 애초에, 친구의 남자가 아니어도 흥미 없고."

신시아한테 놀림 받은 마리에가 얼굴이 빨개지며 큰 목소리를 냈다.

"조금은 흥미를 가지라구!"

몬스터 토벌이 끝나자, 마리에 일행이 이쪽으로 다가왔다.

벽 쪽에서 쉬고 있는 나한테 마리에가 마실 것을 건네주었다.

"수고했어. 열심히 뛰어다닌 것 치고는 쓰러뜨린 게 잔챙이뿐이었지만."

마리에는 내가 싸우는 모습이 마음에 들지 않았던 모양이다.

다 이유가 있어서 그런 것이건만.

"너무 눈에 띄면 다른 녀석들한테 원망받잖냐. 그렇다고 마냥 손 놓고 있을 수도 없고. 딱 그 정도가 좋아."

공을 세우러 왔는데, 내가 활약해서 공을 빼앗으면 불만스럽게 생각하는 녀석이 나올 거다.

잔챙이들을 정리하며 녀석들이 활약할 장면을 만들어주는 게 가장 무난하다.

그러자 마리에가 재미없다는 듯이 말했다.

"신시아 말대로네."

"뭐가?"

고개를 갸웃한 내게, 마리에는 깊은 한숨을 내쉬었다.

"아무것도 아니야."

마리에는 그대로 내 옆에 서서 같은 방향을 봤다.

"과제는 얼마나 남은 거야?"

갑자기 화제가 바뀌었군.

나는 음료를 입에 머금어 마시고 대답했다.

"아직 1학년 할당분도 안 끝났을 거야. 루클 선배 말로는, 상급생은 더 귀찮은 과제도 있는 모양이고. 앞으로도 한동안은 던전에 있어야 할 거다."

지상에 돌아갈 수 있는 건 언제가 될는지?

휴일에 출발했지만 어떻게 해도 수업이 시작되기 전에 돌아가기는 어려울 것 같다.

어차피 다소 늦더라도 던전에 있었다고 말하면, 교사한테 잔소리 좀 듣고 보충수업으로 만회할 수 있다.

마리에는 한동안 던전 안에서 나갈 수 없다는 걸 재확인하고, 싫은 듯이 한숨을 내쉬었다.

"하아, 루크시온이 있었으면 금방 끝났을 텐데."

"바쁘다고 단칼에 거절하더라."

'바쁘니까 패스하겠습니다'라고 대답했을 때는 귀를 의심했다. 나는 주인인데? 명령을 거절할 수 있는 거였어? 하는 생각이 머리를 맴돌았다.

하긴, 근래 루크시온을 자주 의지했으니, 없이 움직일 때가 되기는 했지.

"뭐, 던전 공략 정도는 자력으로 어떻게든 하자고. 남들에게는 그게 당연한 거잖아?"

"노력이라……."

마리에의 시선이 신시아 3인조에게 향했다.

세 사람은 휴식 시간을 제각기 자유롭게 보내고 있었다.

마리에는 '쟤들이 노력?'이라는 표정이 되었다.

"……예외는 무슨 일에든 있으니까, 신경 쓰지 말라고."

제06화 「비극의 히로인」

　안젤리카는 휴일에 왕도에 있는 귀족 저택을 방문했다. 퇴학당한 학생 중 한 명을 만나기 위해서였다.

　여학생의 부친은 왕도에 저택을 둘 정도의 실력을 지닌 거물 귀족 중 한 사람이었다.

　안젤리카가 일부러 찾아와 상태를 보러 온 것도 파벌의 중진인 귀족한테서 '딸의 말을 들어 봐 주었으면 한다'라고 부탁받았기 때문이다.

　상대가 파벌 중진이라서야 안젤리카도 함부로 내칠 수도 없어, 일부러 발걸음을 옮겼다.

　응접실로 안내받은 안젤리카는 자리에 앉아 퇴학당한 여학생과 마주 보았다.

　"학원에서 사정을 들었다. 던전 안에서 금기를 저질렀다지? 이렇게 될 줄 정말 몰랐나?"

　안젤리카가 예리한 시선으로 쳐다보자, 여학생은 시선을 이리저리 움직이며 피했다.

　그 태도에서, 안젤리카는 상대가 떳떳하지 못한 행위를 한 것은 사실임을 알아차렸다.

　안젤리카는 여학생한테서 사정을 들었다.

"어째서 어리석은 짓을 했지?"

이유를 묻자, 여학생은 쌓였던 것을 터뜨리는 것처럼 자기 마음을 이야기하기 시작했다.

"저, 저는 잘못한 게 없어요! 애초에 그 여자는 귀족이 아니라 단순한 평민이잖아요? 유서 깊은 우리 귀족과는 다르다고요!"

모험가를 선조로 지닌 귀족과 평민은 엄연히 다른 존재라는 말이었다.

그녀에게 동료를 배신했다는 인식은 애초에 있지도 않았다.

본인은 자신이 한 행위가 정당하다고 우겼다.

"왕태자 전하와 귀공자들을 홀린 그 여자는 왕국에 해악이 될 겁니다. 저는 그걸 배제하려고 했을 뿐인데, 퇴학이라니요! 안젤리카 님! 부디 제가 복학할 수 있도록 도와주세요!"

매달리는 듯한 시선을 향하는 여학생을 안젤리카는 조금 동정했다.

안젤리카로서도 여학생과 같은 마음이 있었기 때문이다.

'확실히 전하한테 접근하는 그 여자는 우리의 동료가 아니다. 하지만 세상에는 규칙과 선이 있다. 그녀는 이를 지키지 않았다.'

동정은 하지만 여학생을 도울 생각은 들지 않았다.

안젤리카도 올리비아가 마음에 안들지만, 이런 방법은 어리석은 짓이란 걸 잘 알고 있었다.

"이미 엎질러진 물이다. 이 사건으로 학원은 물론 전하께서도 분노하셨다. 스스로 무슨 짓을 저질렀는지 잘 생각하고 반성해라."

변명과 보신뿐인 여학생한테 어처구니가 없어져, 안젤리카는 자리에서 일어났다.

그러자 여학생이 매달렸다.

"부탁드려요! 퇴학당하면 귀족으로서 살아갈 수 없어요!"

안젤리카는 여학생을 떼쳐 냈다.

"자업자득이다."

안젤리카가 매정하게 응접실을 나오자, 뒤에서 여학생이 울부짖는 소리가 들려왔다.

다음 날, 안젤리카는 왕도에 있는 레드글레이브 가문의 저택으로 향했다.

파벌의 귀족 자제에서 퇴학자가 나온 걸 보고해야 하기 때문이다.

학업부터 보고서 작성까지, 안젤리카는 며칠간 계속 바쁜 나날을 보내고 있었다.

다른 이들처럼 놀고 있을 여유는 없었다.

'나는 뭘 위해 노력하고 있는 건가. 전하의 약혼자의 약혼자이건만, 근래 얼굴조차 뵙지 못했다. 이러는 중에도 그 여자는 전하 일행과 함께 있겠지.'

이런 중에도 올리비아가 율리우스 일행과 함께 보내고 있다고 생각하니, 안젤리카는 마음이 어둡게 가라앉았다.

안젤리카는 오빠인【길버트 라파 레드글레이브】에게 보고서를 제출했다.

안젤리카와 같은 금발에 붉은 눈동자를 지닌 단정한 외모의 청년.

그는 레드글레이브 저택에서 당주인 아버지의 대리로서 움직이고 있다.

길버트는 안젤리카가 봐도 우수한 사람이었다. 안젤리카는 그를 가문을 이을 후계자로서 대했다.

그는 안젤리카의 보고서를 받아 읽더니 표정을 구겼다.

"실태(失態)로구나."

"면목 없습니다. 앞으로는 이러한 경솔한 행동은 삼가도록 모두에게 말하여 잘 타이르겠습니다."

퇴학자를 낸 건을 책망받은 것으로 생각하여 대답했지만, 길버트는 안젤리카의 눈치 없는 면을 지적했다.

"내가 실태라고 말한 건 너의 행동이다."

"⋯⋯예?"

이해하지 못한 안젤리카한테, 길버트는 담담하게 말했다.

"퇴학자가 나온 일 자체는 어쩔 수 없다. 오로지 네 책임이라고 추궁할 일은 아니지. 하지만 이후의 행동은 이야기가 다르다. 퇴학당한 학생의 이야기를 들으러 갔을 때, 왜 내치는 듯한 발언을 했지?"

길버트가 실태라고 판단한 건 퇴학자를 낸 후의 행동이었다.

"그자의 행동은 옹호할 수 없습니다."

안젤리카의 주장에 길버트가 끄덕였다.

"물론 지나치게 경솔한 행동이었다. 하지만 네가 어째서 그녀를 만나러 갔는지 잊었느냐? 딸을 걱정하여 일부러 너와 대면할 기회를 마련한 그녀의 아버지가, 네게 무엇을 바랐는지 정녕 몰랐단 말이냐?"

"제게 퇴학을 뒤집을 만한 권력은 없습니다."

"그렇지. 하지만 그건 상대도 아는 일이다. 너는 이야기를 듣자마자 아무런 고려도 없이 학생을 내치고 말았지. 그 후로 어떻게 됐을 것 같으냐? 퇴학당한 딸의 아버지가 파벌에서 빠지겠다고 통보했다."

"예?"

길버트의 말을 듣고 안젤리카는 놀라서 눈이 휘둥그레졌다.

모험가의 긍지를 중시하는 귀족이, 딸이라고는 하나 금기를 저지른 자를 감쌀 줄은 생각조차 하지 못했기 때문이다.

길버트는 안젤리카의 반응을 보고 어처구니가 없어서 한숨을 내쉬었다.

"그가 잘못한 딸을 저택에서 돌봐주고 있지 않았더냐. 그걸 보고 깨달았어야지. 그는 애지중지하는 딸을 어떻게든 도와주고 싶어서 너를 의지했던 거다."

"그, 그러나 저한테는 그러한 결정권은 없습니다!"

가문의 이름에 먹칠을 한 딸은 내쫓는 것이 귀족으로서 올바른 행동이다.

안젤리카도 상대 귀족이 그렇게 할 줄 알았는데, 그렇지 않았다. 딸을 예뻐하는 마음에 귀족의 긍지를 저버린 것이다.

"퇴학을 뒤집을 필요는 없다. 네 말대로 네 힘으로는 할 수 없는 일이니까. 악질 행위를 저지른 것도 부족해서 왕태자 전하의 분노까지 샀으니, 그의 입지는 이미 위태로운 상황이었다. 언젠가는 제 발로 파벌을 나가 다른 곳으로 갔을 인물이었지."

"그렇다면 굳이 도울 이유가 없지 않습니까?"

"아니다. 너는 그녀의 이야기를 듣고 동정하는 척이라도 하며 왕태자 전하에게 항의해야 했다. 그러면 설령 바뀌는 게 아무것도 없을지라도 네가 노력했으니, 그들에게 은혜를 팔 수 있었다. 그들이 진심으로 네가 해결하기를 바랐다고 생각하느냐? 정말 그러기를 원했다면 둘도 없는 멍청이겠지."

귀족 사회에서 악질 행위를 저지른 딸을 감싸는 건 있을 수 없는 일이다.

그런 짓을 하면 귀족 사회에서 멸시받는 정도로 끝나지 않는다.

안젤리카는 길버트에게 항의했다.

"그자를 감싸기 위해 전하께 항의하라는 말씀입니까? 그런 일을 하면 가문에 누가 될 겁니다. 레드글레이브 가문이 그자를 감싼다고 오명을 사지 않습니까."

안젤리카의 의견은 정론이었으나, 길버트는 코웃음을 쳤다.

"고지식하게 그들을 감쌀 필요는 없다. 이번 건은 관례조차 무시한 성급한 처리였다. 너는 그저 왕태자 전하께 무슨 일이든 너무 서둘러서는 안 된다고 말하기만 하면 됐다. 그런 조언을 비난할 자는 없지. 항의하는 모양새만 겉꾸리면 됐다는 거다."

그자들을 감싸는 게 중요한 게 아니라 항의하는 모습을 보여주면 됐을 뿐.

안젤리카는 고개를 숙이고 주먹을 꽉 쥐었다.

"결국은 체면치레를 위해서 전하와 대립하라는 말씀이군요."

이번 건으로 율리우스가 격노한 건 온 학원이 아는 사실이다.

안젤리카는 약혼자이면서 또 이런 일로 율리우스와 대립해야 하는 것이 괴로웠다.

길버트는 안젤리카의 반응에 눈살을 찌푸렸다.

"이번 건은 누가 보더라도 왕태자 전하께서 지나치게 성급하셨다. 이미 왕궁에서도 왕태자 전하의 행동에 의문을 제기하는 목소리가 올라오고 있지. 향후, 그분의 입지를 지키기 위해서라도 반드시 해야 할 간언이다. 그리고 그 간언을 하는 것이 너의 역할이다."

안젤리카는 작게 고개를 끄덕였다.

"알겠, 습니다."

대답은 했지만, 안젤리카는 도무지 납득하기가 어려웠다.

안젤리카의 표정으로 속내를 읽은 길버트는 숨을 돌리듯 천장을 올려다봤다.

그러고는 레드글레이브의 후계자가 아닌 안젤리카의 오빠로서 입을 열었다.

"굳이 대립할 것 없이, 항의는 형식만으로 충분하다. 그때를 기회 삼아 왕태자 전하와 느긋하게 대화를 나누도록 하거라."

"그래도 괜찮습니까?"

"나도 아버지께 지나치게 고지식하다는 말을 자주 듣는다만, 너도 어지간하구나. 가끔은 유연하게 처신하는 방법을 배우거라."

쑥스러운 듯이 말하는 길버트의 모습을 보고, 안젤리카는 다소 마음이 가벼워진 기분이 들었다.

"그렇군요. 전하와 이야기를 해보겠습니다."

"그러도록 해라."

◇

안젤리카는 율리우스와 대면하기 위해 학원의 한 방을 빌려 대화의 자리를 마련했다.

밤이 깊었기에 율리우스를 여자 기숙사로 부를 수 없었고, 안젤리카가 남자 기숙사를 찾아가는 것도 평판이 나빠지기에 나온 타협안이다.

안젤리카로서는 율리우스와 속을 터놓고 이야기를 나누고 싶었다.

그래서 안젤리카는 방을 혼자서 찾아왔는데, 율리우스 일행은 올리비아와 귀공자들을 포함한 전원으로 나타났다.

방에 들어온 율리우스는 먼저 와 있던 안젤리카한테 미안해하는 기색도 없었다.

"기다리게 해서 미안했다."

"아닙니다. 제가 갑자기 요청한 일이니 너무 신경 쓰지 마십시오."

'질크만 데리고 올 줄 알았는데, 설마 모두 데리고 오시다니.'

작게 한숨을 내쉬며, 안젤리카는 다섯 명한테 보호받는 것처럼 둘러싸인 올리비아의 모습을 노려봤다.

그때, 올리비아와 시선이 마주쳤는데——.

'뭐지?'

——잠시나마 올리비아가 대담한 미소를 띤 것처럼 보였다.

그러나 곧바로 표정을 고치고는 무서운 척하며 율리우스의 팔에 매달렸다.

올리비아가 매달려서 율리우스는 자세가 흐트러졌지만, 그저 기뻐할 뿐이었다.

"올리비아, 걱정할 필요 없다. 이 자리는 우리가 있으니 안전하다."

율리우스가 상냥하게 마음을 써도 올리비아는 여전히 쭈뼛쭈뼛했다.

"죄송해요, 아직 무서워서."

그러자 브래드도 나서서 올리비아를 달랬다.

"그런 일을 겪은 참이니 어쩔 수 없지. 그런 이유로, 대화는 짧게 끝내줬으면 해. 어째서 우리를 이 자리에 모은 거지?"

몸짓 손짓을 더한 브래드의 지나치게 과장된 행동에, 안젤리카는 질색했다.

'너희까지 부른 기억은 없다만.'

안젤리카는 가능한 한 자극하지 않도록 목소리에 신경을 써 가며 말을 꺼냈다.

"퇴학자 건 때문입니다. 처벌 자체는 문제가 없지만, 진행이 다소 성급했습니다. 이런 중대 사항은 관례대로 시간을 두고 처리하셨어야 합니다."

안젤리카는 안건을 얼른 끝내고 율리우스와 둘이서만 이야기를 하고 싶었다.

그래서 무심코 율리우스 일행의 주장을 듣지 않고 이야기를 진행하고 말았다.

"당사자가 퇴학을 당할만한 일을 저지른 건 사실이나, 이 성급한 일 처리로——."

관계 각처에서 불만의 목소리가 나오고 있으니, 앞으로는 조심하셨으면 합니다. ——그렇게 말하면 끝날 이야기였는데, 갑자기 올리비아가 울기 시작했다.

크리스가 놀란 얼굴로 대화를 끊고 나섰다.

"올리비아? 왜, 왜 그러지? 어딘가 아픈 건가?"

여성을 다루는 데 익숙하지 않은 크리스가 당황했다.

올리비아는 눈물을 훔치며 안젤리카를 똑바로 바라봤다.

"제가 평민이기 때문인가요."

"뭐라고?"

말허리가 잘린 탓에 기분이 불쾌했던 안젤리카의 목소리가 자연스럽게 커졌다.

그러나 올리비아의 푸른 눈동자와 눈이 마주치는 순간, 안젤리카는 기묘한 위화감을 느꼈다.

몹시 이상한 느낌이었지만, 눈에 띄는 이변을 찾을 수는 없었다.

올리비아는 떨리는 목소리로 말했다.

"학원에서 자주 들어요. 너는 평민이니까 동료가 아니라고. 이번 일도, 동료가 아닌데 어떻게 배신행위가 되냐고, 퇴학이 부당하다고 했어요. 시간을 들여 조사하면 이렇게 됐을 리가 없다고……."

그 순간 안젤리카는 퇴학당한 여학생이 했던 말이 떠올랐다.

그녀는 자기 입으로 올리비아가 평민이기에 동료가 아니라고 말했었다.

안젤리카는 한순간이지만 말문이 막혔다.

"우, 우습게 보지 마라! 퇴학에 관련된 문제는 시간을 들여 조사하는 게 관례였다. 그런 풍문과는 무관한 사실이란 말이다!"

안젤리카가 당황하자 그렉이 태도를 물고 늘어졌다.

"오늘따라 수상하군. 안젤리카, 평소의 너라면 이런 일로 당황하지 않을 텐데?"

성격이 거친 그렉은 야생의 감이 있는 건지, 이런 면에서 이상하게 예리했다.

안젤리카도 평정을 잃었다는 자각이 있었다. 유독 오늘은 묘하게 가슴이 술렁였다.

오른손으로 주먹을 쥐고 가슴에 꽉 눌렀다.

'어째서냐? 어째서 이렇게나 흐트러지는 거지?!'

감정이 제어되지 않았다.

마치 거센 파도에 집어삼켜진 것만 같이, 평소에는 꽉 눌러 두고 있던 거친 부분이 겉으로 나온다.

원래 안젤리카는 격정적인 사람이다. 그렇기에 평소 남들보다 감정 표출에 더욱 조심했다.

가문에서도 이에 관에 조심하라고 꾸준히 가르쳤으며, 그녀를 가르치는 교육자들도 그리 말하였다.

그렇기에 안젤리카는 늘 냉정함을 유지했는데, 오늘은 이상하게도 그게 되지 않았다. 자꾸 인내심을 넘어 감정이 넘쳤다.

"주제넘게 나서지 마라! 오늘 전하를 뵌 것은, 이번 일 처리가 지나치게 성급하여 각처에서 문제가 생겼다는 걸 전하기 위해서다. 평민이 간섭할 일이 아니란 말이다!"

거칠게 내뱉은 안젤리카는 곧 제 실수를 깨달았다.

안젤리카의 얼굴에서 핏기가 사라지기 시작했다.

질크의 찌르는 듯한 차가운 시선이 안젤리카에게 향했다.

"역시, 그것이 당신의 본심이었습니까."

"아, 아니——."

안젤리카 앞에 율리우스가 걸어 나왔다.

율리우스의 눈은 안젤리카에 대한 분노로 물들어 있었다.

"안젤리카, 너도 올리비아를 평민이라며 멸시하는 건가."

"아닙니다, 전하. 그런 의도로 말한 것이 아닙니다. 제가 말하고 싶었던 건!"

"너조차 올리비아를 깔보고 있다면, 이 학원의 귀족 대부분이 같은 의견이라고 봐야겠지. 과연, 귀족이라는 자들이 하나같이 오만하구나!"

율리우스가 갑자기 큭큭 웃기 시작했다. 그 자리에 있던 모두가 율리우스의 태도에 놀라 그를 쳐다봤다.

"전하, 제 이야기를 들어 주십시오. 저는 퇴학 처분을 논하는 것이 아닙니다. 그저 관례를 지키셨어야 한다는 말을 전하려는 것뿐——."

그러자 율리우스가 우습다는 듯 모멸이 담긴 얼굴로 말을 끊었다.

"관례에 따라 시간을 들여서 뭐가 달라지지? 그동안 수작을 부려 퇴학을 무마하겠다는 건가? 아니, 알고 있다. 너는 그러지 않겠지. 하지만 학생 태반이 올리비아를 태생으로 깔보는 이 학원에서는 무슨 일이 일어날지 알 수가 없다. 안 그런가?"

"저, 전하……."

조금이지만, 율리우스는 안젤리카를 믿고 있는 듯했다.

안젤리카라면 올리비아가 걱정하는 수작질은 하지 않을 거라고.

하지만, 다른 학생도 그렇다는 보장은 없다.

안젤리카는 율리우스의 말에 약간이지만 기쁨을 느꼈다.

'전하는 아직 나를 믿고 계신다.'

율리우스가 안젤리카가 붙잡고 있는 손을 부드럽게 풀고는 등을 돌렸다.

"질크의 제안대로 빠르게 퇴학시킨 게 현명한 결정이었다. 평민이라는 이유로 멸시하는 녀석들이 태반인 학원에서, 시간을 끌었으면 올리비아가 위험했어. ──내가 너무 물렀다."

율리우스는 더 엄격하게 대응해야 했다고 중얼거린 후, 올리비아의 손을 잡고 방에서 나갔다.

남은 귀공자들도 올리비아와 율리우스의 뒤를 따라 방을 나가 버렸다.

마지막으로 남은 질크가 안젤리카에게 말했다.

"안젤리카 씨, 이제 전하께 관여하는 건 그만두시죠."

질크의 갑작스러운 제안에 안젤리카는 불쾌감을 드러냈다.

"네가 끼어들 문제가 아니다."

하지만 질크는 물러나지 않았다.

"그렇지도 않습니다. 저는 일단 전하의 젖형제이거든요. 형제라면 응당 전하를 위해야 하지 않겠습니까."

"무슨 말을 하고 싶은 거지?"

"전하가 학원에 다니시는 동안만이라도 눈감아달라는 뜻입니다.

제한적이나마 좋아하는 여성과 함께 지낼 수 있는 시간을 만들어 주고 싶다고 생각하는 건 형제로서 당연한 마음 아니겠습니까?"

질크가 하고 싶은 말은 학원에 있는 동안만이라도 율리우스를 자유롭게 해주고 싶다는 거다.

사실상 율리우스가 안젤리카를 좋아하지 않는다고 단언한 거나 마찬가지였다.

"……전하께서는 그렇게까지 진심이란 말인가."

안젤리카의 목소리가 떨렸다.

질크는 미소 지으며 쐐기를 박았다.

"물론, 졸업 후에는 왕족의 책무를 다하여 당신과 결혼하실 겁니다. 그러니 학원에 있는 지금은, 한때나마 올리비아 씨와 자유로운 학원 생활을 보내게 해주시지요."

장래에는 어차피 너와 결혼하니, 학원 생활 동안은 참으란 말이었다.

안젤리카는 고개를 푹 숙였다.

'그건 결국 내가 전하께 방해꾼에 불과하다는 이야기가 아닌가. 전하께서는 정녕 이 결혼을 고통으로 받아들이고 계시는가.'

안젤리카의 눈에서 눈물이 흐르려 하자, 질크는 도망치듯 방을 빠져나갔다.

"학원에 있는 동안은 서로 거리를 두는 편이 좋을 것 같군요. 그러면 실례하겠습니다."

혼자 남겨진 안젤리카는 양손으로 얼굴을 감쌌다.

"전하……."

◇

"꺄아아아악!! 끈적끈적해!! 살려줘어어어!!"

거대한 거미집에 붙잡힌 마리에가 몸부림치다가 더 거미줄에 얽혀 움직일 수 없게 되었다.

"괜찮냐, 마리에! 더 움직이지 마!"

던전을 나아가는 도중, 커다란 방에 도착했으나 몬스터가 보이지 않았다.

이에 방심한 마리에가 부주의하게 앞으로 나아갔고, 그때 천장에서 뛰어내린 거미에 붙잡히고 말았다.

순식간에 거미줄에 둘둘 말려, 거미집에 끌려간 마리에.

그녀를 구하기 위해 우리 남자는 필사적으로 싸우고 있었다.

"이 거미 자식! 마리에를 풀어줘라!"

들고 있던 단검을 던지자, 거미의 머리에 꽂혔다.

거미는 고통에 몸부림쳤지만, 치명상과는 거리가 멀었다.

거미집에 붙잡힌 마리에가 외쳤다.

"난 먹어도 맛있지 않다구!!"

소리를 지르면서 마구 움직였기에, 거미줄이 얽혀 마리에는 망측한 모습을 피로하고 있었다.

"멍청아! 움직이지 말라고 말했잖냐!"

마리에의 부끄러운 모습을 주위에 보이지 않기 위해서라도 얼른 구해야 하는데, 거미는 덩치와 달리 움직임이 빨라 공격이 맞지 않았다.

루클 선배를 비롯한 3학년들도 초조해하고 있었다.

"마리에 씨를 어떻게든 구해야 한다! 젠장! 하필이면 이런 장소에서 강적과 마주치다니, 운이 없지!"

마주칠 일이 거의 없는 희소 몬스터인 탓에, 경험이 무기인 3학년 선배들도 고전을 면치 못했다.

나도 루크시온이 준 도구를 써야 하나 고민하는 지경에 이르렀다.

나중에 변명하느라 힘들겠지만, 마리에를 내버려 둘 수는 없는 노릇이다.

내가 결심을 굳힌 순간, 에리의 목소리가 들렸다.

"사우전드 애로우."

안경을 벗은 에리가 주문을 영창하자 그녀의 포니테일이 흔들렸다.

그녀의 오른손 앞에서 마법진이 그려지더니, 천여 개의 마법 화살이 쏟아져나왔다.

한 발 한 발은 보잘것없지만, 천 발이 모이면 이야기가 달라진다.

마법의 화살이 거미한테 날아들어, 천장에 온통 둘러쳐진 거미 집까지 모두 털어냈다.

"후갸앗?!"

털썩, 소리를 내며 마리에가 지면에 떨어졌다.

나는 꺼내려 했던 루크시온의 도구를 다시 넣고 마리에에게 달려갔지만, 거미줄에 얽혀 있기에 손을 댈 수가 없었다.

"괜찮냐?"

"괘, 괜찮아 보여? 하다못해 구할 거라면 좀 더 부드럽게 구해줬으면 했어. 으윽, 나는 분명히 비극의 히로인이야."

마리에는 급기야 자신이 비극의 히로인이라고 자칭하기 시작했다.

"굳이 따지자면 희극의 히로인 아니냐?"

"무슨 의미야!"

"그대로의 의미지."

기운차게 떠들어대는 걸 보니 무사한 모양이다.

거미 쪽으로 시선을 향하니, 에리가 발사한 마법에 꿰뚫려 검은 연기로 변해 사라지던 참이었다.

"이런 마법을 쓸 수 있었던 건가."

에리의 숨겨진 실력에 감탄을 내놓기 무섭게 남자들이 에리를 둘러싸고 야단법석을 떨기 시작했다.

"굉장해, 에리 쨩!"

"그런 마법, 어디서 배운 거야? 책?"

"에리 쨩이 있으면 이 앞도 안전하겠어! 마법사인 에리 쨩은 내가 지킬 테니까 안심해. 내가 너의 기사가 될게."

혼자 새치기 의도가 다분한 말을 늘어놓은 레이먼드는 다른 남자들에게 두들겨 맞고 저지당했다.

남자들에게 둘러싸인 에리는 레이먼드가 맞는 모습에 당혹스러워했지만, 저건 맞을만한 짓이었다.

나는 마리에한테 에리의 실력에 관해 물었다.

"너는 에리가 저렇게 강하다는 걸 알고 있었냐?"

"알 리가 없잖아. 평소에는 틀어박혀 있고, 수업에도 거의 얼굴을 내비치지 않는걸."

그것도 그런가, 하고 생각하고 있자, 이번에는 베티가 다가와 마리에한테 작은 병에 든 약품을 뿌렸다.

"우왓?! 어, 어라, 거미줄이 녹고 있어?"

마리에가 놀라고 있자, 베티가 작게 한숨을 내쉬었다.

"몬스터가 분비한 실을 녹이는 약품이야. 던전에 들어갈 거면 최소 한 병 정도는 가져왔어야지."

평소에는 틀어박혀서 그림만 그리던 베티가 이런 특수 약품을 가지고 있을 줄은 꿈에도 몰랐다.

그 거미는 루클 선배를 비롯한 3학년들조차 상정하지 않았던 몬스터가 아닌가.

이상할 만큼 철저한 준비성이었다.

거미줄에서 해방된 마리에한테 나는 살며시 귀엣말했다.

"네 친구들, 혹시 대단한 애들이냐?"

마리에도 이번 건으로 아무래도 세 사람을 보는 눈이 바뀐 듯했다.

"의, 의외로 그런 모양이네. 평소에도 이만큼 착실했으면 좋겠는데 말이야."

그 의견에는 나도 동의한다.

제07화 「애틀리 가문의 영애」

안젤리카가 율리우스에게 충언을 건넸지만, 율리우스는 듣지 않았다.

그 소문은 눈 깜짝할 사이에 학원 전체에 퍼져 안젤리카의 처지를 압박하고 있었다.

학원 복도에서는 남학생 두 명이 소문 이야기로 달아올라 있었다.

"공작 영애의 체면이 말이 아니군. 뭐, 율리우스 전하와의 관계가 멀어진 시점에서 이미 예견된 일이었지. 이번 일이 결정타가 되겠는걸."

하기휴가 이전부터 안젤리카는 율리우스와 관련된 일에서 연이은 실추를 맛보고 있었다.

율리우스가 올리비아한테 마음을 두고 있는 이미 학원의 누가 봐도 명백했던 만큼, 안젤리카의 이름값도 점차 빛이 바래고 있었다.

"아첨할 상대를 잘 골라야겠는데."

"무슨 소리야?"

"이제는 공작 영애보다 왕태자 전하의 마음에 든 총희(寵姫)의 환심을 사는 편이 이득이지 않냐는 거지."

"아~, 그런 의미구만."

궁정 귀족 출신인 두 남학생은 집안이 좋고 돈 걱정도 없다. 리온이 흔히 말하는 부자 그룹에 소속된 남학생들이다.

"평민 출신이라도 왕태자 전하의 총희에 걸어보는 게 더 가능성 있지 않겠냐?"

"태생이 태생이니 다루기는 더 쉽겠네. 하지만 결혼은 결국 약혼자랑 할 텐데, 그럼 총희고 뭐고, 다 의미 없는 거 아니야?"

"레드글레이브 가문을 반기지 않는 귀족들도 많잖아. 이후에 어떻게 될지는 아무도 모르는 거지."

"……무서운 이야기 하지 말라고. 그야 나도 영주 귀족 녀석들이 잘난 체하는 꼴 보는 것보다는 그게 좋다만."

두 사람의 대화에는 영주 귀족에 대한 적개심이 담겨있었다. 궁정 귀족에게 그들은 눈엣가시기 때문이다.

궁정 귀족 대부분은 영주 귀족과 비교해서 영지와 재산이 적고 군사력도 거의 없다.

대신 궁에서 왕국의 중대사를 처리하므로 주요 요직 대부분은 그들이 역임한다.

요약하자면 두 귀족이 서로 장단이 있는 건데, 이들은 서로를 좋게 여기지 않았다.

두 사람이 안젤리카보다 올리비아를 선호하는 것도 그런 감정선이 깔려있기 때문이다.

결국 이전까지는 안젤리카와 가문의 위세에 눌려 입을 다물고 있었을 뿐이다. 그들의 처우는 안젤리카의 말 한 번에 언제든지 변할 수 있었으니까.

그러나 안젤리카의 입지가 흔들리면서 상황이 달라졌다.

"안젤리카의 실태로 우리에게 기회가 찾아왔군."

남학생 둘이 떠들고 있자, 한 여학생이 다가왔다.

여학생은 양옆으로 체격이 좋은 남학생 측근을 부리고 있었다.

떠들던 두 사람은 그녀가 나름 유명인이었던 탓에 얼굴을 보자마자 누군지 알아보았다.

"큰 소리로 떠들어 댈 대화가 아닌 거 같은데?"

손질이 잘 된 긴 오렌지색 머리카락은 세 갈래로 땋은 머리로 반묶음을 만든 헤어스타일과 뛰어난 외모.

애틀리 백작가의 영애인【클라리스 피아 애틀리】였다.

애틀리 백작가는 궁정 귀족으로, 대대가 대신직을 맡아 온 왕국의 중진이다.

신분으로 보나 권력으로 보나, 두 사람보다 명백히 위에 있는 사람이었다.

"애틀리 씨?!"

"뭐라고 떠들든 그건 자유지만, 장소는 봐가면서 해. 누가 들으면 아주 골치 아파질 테니까."

미소를 띠고 부드럽게 충고하는 클라리스.

두 남학생은 머리를 숙이고는 허둥지둥 그 자리에서 도망쳤다.

그 모습을 뒤에서 보고 있던【단 피아 엘가】가 어처구니없다는 듯 고개를 저었다.

그는 짧은 검은 머리와 햇볕에 그을린 갈색 피부, 큰 키로 인해 약간 무서운 인상을 가진 3학년이다.

일단은 보통 클래스에 소속이지만, 본가가 애틀리 가문과 관계가 있기에 클라리스의 측근을 맡고 있다.

"학원에 흉흉한 이야기가 돌고 있군요."

궁정 귀족 출신인 자가 학원 복도에서 대체 무슨 이야기를 하는 건지.

너무나도 경계심이 없는 모습에 제정신인가 의심스러울 지경이었다.

클라리스는 작게 한숨을 내쉬고는 우려를 띤 표정을 보였다.

"안젤리카의 실수가 원인이라고 해도, 이대로 보고 있기만 해서는 안 될 것 같아. 질크 건도 있고, 나도 관여할까?"

클라리스는 그렇게 말했지만, 단이나 측근들은 그다지 내키지 않는지 만류하려고 했다.

"2학년의 통솔자가 1학년 문제에 나서면 말이 나올 겁니다."

클라리스는 안젤리카나 디어드리와 마찬가지로 학년의 통솔 역할을 맡고 있는 학생이다.

본가가 궁정 귀족 백작가로, 아버지가 현역 대신을 맡고 있기 때문이다.

클라리스는 이마에 손을 댔다.

"나도 안젤리카의 문제에 참견하고 싶지 않아. 그 애는 격정적인 성격이라서, 옛날부터 화내면 소동을 크게 만드는걸. ……그래도 나는 무시할 수는 없어."

단을 포함한 측근들이 미묘한 표정을 지으면서도 납득했다.

"질크가 엮여 있으니 완전히 무관하다고 할 수도 없겠군요. 아가씨가 있는데도 특대생과 제법 친하게 지낸다고 합니다."

클라리스의 시선이 약간 험악해졌다.

"잠깐 노는 정도는 눈 감고 넘어가 줄 생각이었는데, 그게 아닌 모양이네. 안젤리카도 막을 수 없다면, 선배로서 내가 도와야지. 디어드리 선배가 도와주면 좋으련만, 너무 자유로워서 의지하기 어렵고."

디어드리의 얼굴을 떠올리고, 클라리스는 작게 한숨을 내쉬었다.

단이 등을 곧게 폈다.

"안젤리카 님에게 이야기를 해둘까요?"

"그래. 그 애의 체면을 깎으면 나중 일이 성가셔질 테니."

던전 중층.

나는 슬슬 이번 공략이 재수가 없었나 싶은 생각이 들고 있었다.

"아악, 대체 왜! 거의 다 왔는데!"

루클 선배가 우는소리로 절규했다.

이유는 목표로 정한 방 앞에 몬스터가 문지기처럼 버티고 앉아 있었기 때문이다.

갱도를 끝에서 나온 돔 형태의 넓은 방이었는데, 그곳에서 거대한 곰 같은 몬스터가 우릴 기다리고 있었다.

녀석의 꼬리에는 뱀 머리가 달려있었는데, 생김새가 맹독을 가진 킹코브라와 비슷했다.

본체가 위험한 건 말할 것도 없고, 꼬리의 뱀도 물렸다간 저세상이다.

"이 녀석도 드문 놈입니까?"

내가 묻자, 루클 선배가 무기를 들면서 말해 주었다.

"적어도 우리가 벌이하러 다니는 곳에서는 좀처럼 마주치기 어려운 놈이지. 왜 이번 공략에서는 유독 이런 놈들만 튀어나오는 건지 원."

상급생들이 앞에서 애쓰고 있지만, 강적의 등장에 고전을 면치 못하고 있었다.

창같이 거리를 둘 수 있는 무기를 든 선배들이 뱀의 꼬리를 에워싸고, 그 외의 선배들이 곰 쪽을 상대했다.

하급생은 거리를 벌리고 선배들을 지원했지만, 아무래도 영 형세가 좋지 않았다.

나는 상황을 보면서 퇴각을 고려했다.

"안 될 것 같다면 말해 주세요."

루클 선배도 내가 퇴각 타이밍을 재고 있다는 걸 알아차린 모양이라, 땀을 흘리며 쓴웃음을 지었다.

"여기까지 와서 물러나는 건 내키지 않지만, 고집을 부리기에는 상황이 안 좋네."

곰이 뒷다리로 일어서서 입을 크게 벌려 포효하자 돔 형태 방에 울려 퍼져 귀가 아팠다.

포효는 진동을 발생시켜 천장에서 모래와 돌멩이가 후두둑 떨어졌다.

"역시 퇴각하는 게——."

전원을 무사히 퇴각시킬 방법을 생각하고 있자, 마리에가 불평했다.

"포기하는 거 아니라구! 이런 곰 비슷한 거 따위 날려 버리란 말이야!"

마리에가 뒤에서 기합을 넣었지만, 남자들은 이미 필사적으로 싸우고 있다. 이 이상은 무리다.

나는 뒤돌아서 큰 목소리로 말했다.

"무리인 건 무리다! 포기하고 퇴각한다!"

3학년 목표치까지 끝내지 못한 건 아쉽지만, 그래도 2학년 목표치는 달성했다.

이것만으로도 충분한 성과이다.

남자들이 퇴각하기 위해 움직이기 시작하자 마리에가 주먹을 떨었다.

"여기까지 와서 포기하다니, 죽어도 싫어! 또 같은 고생을 할

바에야, 나는 여기를 돌파하고 끝낼 거야!"

마리에가 짐을 버리고 달려 나갔다.

갑작스러운 돌격에 나는 당황해서 소리쳤다. 얼마나 다급했는지 목소리가 뒤집혔다.

"마리에에에에?!"

닿지도 않을 손까지 뻗어가며 만류했지만, 이미 늦었다.

마리에는 지면을 박차고 뛰어오르더니, 주먹에 마력을 한가득 담았다.

"나는 다 함께 졸업할 거라구!"

공중에서 치켜든 마리에의 주먹은 의외로 깔끔하게 곰의 이마에 처박혔다.

작고 가냘픈 마리에가 9m를 넘는 곰한테 맞서는 모습이 용맹스러울 지경이었다.

하지만 체급 차이는 압도적. 상대는 1톤이 넘는 괴물이다.

일개 여학생인 마리에가 주먹질한들, 별 대단한 공격은 아닐 터.

모두가 그렇게 생각했다.

그런데 마리에의 주먹이 곰의 이마에 처박힌 순간, 빠아악! 하는 둔한 소리가 크게 울려 퍼졌다.

"이게 뭔……."

나는 눈앞의 광경이 믿기지 않았다.

작은 체구의 마리에한테 얻어맞은 곰의 머리가 뒤로 젖혀지더니, 그대로 부웅 날아 쓰러졌다.

이 자리에 있는 전원이 지면에 착지한 마리에를 아연해하며 보고 있었다.

마리에는 주먹을 치켜들었다.

"큰 놈을 사냥할 때는 이렇게 하는 거야!"

마리에가 이제 알겠냐는 듯 우리를 되돌아보았다.

아니, 저런 걸 대체 무슨 수로 따라 하란 말인가.

남자들이 서로 시선을 주고받았다. 다들 고개를 젓는 게 고작이었다.

그러자 마리에가 남자들을 재촉했다.

"얼른 움직여! 아직 끝나지 않았다구!"

마리에가 말하는 대로, 곰은 필사적으로 일어서려 하고 있었다.

하지만 충격이 가시질 않는지, 좀처럼 다리를 펴지 못했다. 꼬리에 달린 뱀만 본체를 지키듯 연신 주위를 위협할 뿐이었다.

"다들 부주의하게 접근하지 마라!"

맹독이 있을지도 모르는데, 자칫 물렸다간 큰일이다.

그러나 내 지시는 듣지도 않는 건지, 마리에는 또다시 뱀의 공격 범위 안으로 뛰어들었다.

뱀이 당연하다는 듯이 마리에를 물고자 덤벼들었지만, 마리에

하지만 마리에는 뱀의 머리를 뜀틀처럼 뛰어넘고는, 몸통을 붙잡고 잡아당기더니──.

"느릿느릿하게…… 하지 말란…… 말이야!"

그대로 곰한테서 꼬리를 뜯어냈다.

뜯겨 나간 뱀은 지면을 나뒹굴며 날뛰다가, 그대로 검은 연기를 내며 사라졌다.

남자 중 누군가가 중얼거렸다.

"……끝내준다."

꼬리의 뱀을 처리한 마리에는 숨을 헐떡이며 우리 남자한테 외쳤다.

"자, 얼른 끝내도록 해! 과제를 끝내면 지상으로 돌아가서 화려하게 축하 파티를 할 거니까!"

마리에한테 지시받은 남학생들이 무기를 들고 곰한테 달려들었다.

"마리에 씨—— 아니, 누님의 명령이다! 너희들, 몬스터한테 마무리를 지어라!"

"오우!"

마리에의 실력에 감복한 남학생들이 누님이라 부르기 시작했다.

"어라? 리더는 나 아니었어?"

나를 무시하고 곰한테 달려들어 무기를 찌르는 남학생들.

그 모습을 떨어진 장소에서 바라보고 있자, 어느샌가 신시아가 나한테 다가와 있었다.

신시아는 내 어깨에 살며시 손을 올려놓고는.

"너무 개의치 마."

그렇게 말하며 위로해 주었다.

◇

　안젤리카의 입지를 흔든 이후로 올리비아는 학원에서 율리우스를 비롯한 귀공자들과 당당하게 어울려 다녔다.

　오늘도 점심시간을 귀공자들과 함께 중앙 정원에서 보내고 있었다.

　이에 따라 올리비아에게 질투나 증오의 시선이 날아오거나, 이용하려고 다가오는 교활한 자들이 나타나기 시작했다.

　'그렇다고 해도, 조금 상하 관계를 가르쳐 준 것만으로 이렇게 얌전해지다니, 흥이 식는군. 말괄량이들이 수작을 부릴 줄 알았는데 말이야. 배짱이 없는 건지 신중한 건지——.'

　여봐란듯이 율리우스 일행과 함께 지내는 건 일종의 도발이기도 했다.

　누가 먼저 성을 내면서 시비를 거는지 알아낼 생각이었다.

　즉 모든 행동은 그녀의 계산에서 비롯된 거였지만—— 모든 게 계산대로 되는 건 아니었다.

　"어떻습니까, 올리비아 씨? 제가 고른 찻잎과 다과 세트는? 식후에 딱 어울리지 않습니까?"

　반짝반짝 빛날 것만 같은 만면의 미소로 질크가 식후의 차를 내왔다.

　올리비아도 처음에는 '기특하고 갸륵한 행동이군. 하지만 내가 너희의 호의에 답할 일은 없다'라며 마음속으로는 조소했을 뿐이었다.

그런데 기쁜 듯이 미소로 겉꾸리는 그녀에게 질크가 막상 내온 건, 이상한 냄새가 나는 차와 식감이 매우 나쁜 미묘한 과자였다.

"으, 으음~, 저한테는 너무 고상해서 이해하기 어려운 것 같아요."

필사적으로 말을 골라서 대답하자, 질크는 아쉬워했다.

"그렇습니까. 그러면 다음에는 좀 더 심플한 것을 준비하도록 하지요."

굴하지 않고 또 준비하겠다는 말에, 올리비아는 기쁜 듯이 손을 모았다.

"기대하고 있을게요, 질크 씨."

'또 이 빌어먹게 맛없는 차와 과자를 준비할 생각인가?! 혹시, 이 녀석 내 목적을 눈치챈 건 아니겠지?! 설마 알고서 나를 괴롭히는 건가?!'

올리비아는 질크의 행동에 고통받고 있었다.

갸륵한 올리비아를 연기하는 이상, 질크한테 불평할 수도, 진의를 캐물을 수도 없다.

물론 질크가 올리비아의 속내를 아는 건 아니었다.

차 냄새를 맡은 그렉이 미간을 찌푸리며 코를 막았다.

"지독한 냄새구만. 어째 묘하게 짐승 냄새가 나지 않냐?"

과자를 양손에 들고 부숴서 내용물을 확인한 크리스가 뺨을 씰룩거렸다.

"뭔가 끈적거리는데. 썩은 거 아닌가?"

두 사람이 의심하자 질크는 과장되게 한숨을 내쉬더니, 이마에 손을 대고 미소를 지었다.

"이런, 둘에게도 너무 고상했던 모양이군요. 이 향기와 맛을 이해하지 못하다니, 신사로서 격이 부족합니다."

무시당한 그렉과 크리스가 화를 내는 중, 과감하게 차를 한 모금 마신 브래드는 사레가 들렸는지 연신 콜록대기 시작했다.

"으엑, 뭐야 이건? 지금까지 마셔 본 홍차 중에서 제일 끔찍한데? 이런 걸 자신만만하게 올리비아한테 내어놓다니, 너 혀가 어떻게 된 거 아니야?"

세 사람한테서 악평을 받았지만, 질크는 자신의 선택을 확신하는지 여유로운 미소는 무너지지 않았다.

"브래드 군은 어린애 입맛인 모양이군요. 이것이 어른의 맛이라는 겁니다."

질크는 그런 말을 하며 자신이 달인 홍차를 맛있다는 듯이 마셨다.

올리비아가 뺨을 씰룩거리며 질크의 모습을 보고 있자, 율리우스가 깊은 한숨을 내쉬었다.

"무리해서 질크의 취미에 맞춰줄 필요 없다. 이 녀석이 내오는 차나 과자는 전부 이런 식이고, 예술품을 사면 전부 가품일 정도로 안목도 없다. 다른 일은 다 잘하는 데 뭐가 문제인 건지."

지금까지 질크에게 여러 번 호된 꼴을 당했는지 율리우스는 달관하고 있었다.

올리비아는 질크에게 계획이 들킨 게 아닌 걸 알고 안심했다.

"그, 그런가요?"

"그래. 그러니까 무리해서 긍정할 것 없다. 질크의 이야기 다 들어주면 맛없는 차와 과자를 매일 같이 받는 신세가 될 거다. 정상적인 미각을 가진 인간에게는 고문과 다를 게 없지."

율리우스의 발언을 듣고 역시나 질크라도 잠자코 있을 수 없는 모양이었다.

"어려서부터 함께했던 전하께도 이해받지 못하다니, 괴롭군요. 하지만 올리비아 씨라면 분명 이해해 주실 겁니다. 다음 휴일에 제가 자주 가는 가게에 함께 가는 건 어떻습니까? 손님이 적어서 좋은 숨겨진 명점포를 알고 있습니다."

조금 전의 차와 과자를 떠올리고 올리비아의 미소가 어색해졌다.

"새, 생각해 둘게요."

'이런 맛없는 차와 과자를 내오는 녀석의 추천인 명점포를 어떻게 믿냐! 애초에 손님이 적은 명점포가 무슨 소리야? 맛없어서 손님이 없는 것뿐이잖아! 큭, 설마 내가 마모리아의 자손한테 이렇게까지 궁지에 몰리는 날이 오다니!'

귀공자 다섯 명을 속이기 위해 철저히 연기했던 가면이 질크의 취미에 의해 벗겨질 위기에 놓였다.

올리비아의 안에서 질크에 대한 경계심이 한층 강해졌다.

질크가 맛없는 차와 과자를 내어 온 탓에, 식후의 휴식 시간은 미묘한 분위기가 되고 말았다.

그런 자리의 분위기를 일변시키는 인물이 나타났다.

"즐거워 보이는 와중에 미안하지만, 조금 시간 좀 내줄래?"

긴 오렌지색 머리카락을 흩날리며 클라리스가 다가왔다.

조금 떨어진 곳에는 측근 남학생들도 대기하고 있는데, 거리를 두고 대화에 끼지 않았다.

율리우스 일행—— 특히 질크는 거북한 얼굴이었는데, 지금의 올리비아한테는 형편이 좋았다.

클라리스의 등장에 율리우스 일행의 시선은 자연히 질크한테 향했다.

일단 율리우스가 클라리스한테 대답했다.

"오랜만이군, 클라리스. 건강해 보여서 다행이다."

"감사합니다. 전하도 학원 생활을 즐기고 계신 듯하여서 다행이에요."

클라리스가 미소로 대답하였으나, 이 자리에 있는 사람 모두가 말에 가시가 있음을 알았다.

율리우스 일행이 올리비아한테 푹 빠져 지내는 걸 알고서 은근히 지적한 것이다.

"질크를 만나러 온 거겠지?"

율리우스가 질크에게 시선을 던졌다.

다른 이들도 '네가 어떻게든 해라'하고 시선을 쏘아대니, 질크가 앞으로 나섰다.

"무슨 일입니까, 클라리스? 굳이 학원 안에서 말을 걸다니, 급한 용건입니까?"

질크는 경계하는 기색이었으나, 행동 자체는 침착했다.

클라리스는 여전히 미소를 잃지 않고 대답했다.

"학원에서 내 약혼자가 다른 여자와 사이좋게 지내는 모양이더라고. 그런 모습을 보고도 찾아오지 않는 게 오히려 이상하지 않을까?"

다른 여학생과 사이좋게 지내는 건 좀 그렇지 않냐고 넌지시 압박했다.

질크는 난감해하면서도 잔잔한 미소를 지으며 대답했다.

"클라리스가 걱정할 만한 관계가 아닙니다."

그러자 클라리스는 가슴 밑으로 팔짱을 꼈다.

"약혼자도 있으면서 버젓이 다른 여자랑 같이 다니면, 이상한 소문이 돌지 않겠어? 그리고 얘도 짝이 있는 남자랑 다닌다는 소문은 원하지 않을 거 같은데?"

"그건⋯⋯."

질크가 말을 머뭇거리자, 클라리스는 올리비아한테 시선을 향했다.

올리비아는 클라리스의 시선에 무서워서 위축된 척하면서 그녀를 관찰했다.

'이 녀석이 질크의 약혼자인가. 2학년의 수장이라더니, 그럴 만

한 인물이군. 하지만 애틀리는 모르는 가문명인데…….'

당당하면서도 침착한 성격. 안젤리카와는 다른 면모였다.

안젤리카는 당당한 편이지만, 그만큼 주변을 위압하는 분위기가 있다.

한편 클라리스는 감싸는 듯한 상냥한 분위기가 맴돈다.

올리비아는 그녀 안에 있는 굳센 심지를 느꼈다.

심지어 통찰 능력도 있는 건지, 연기하는 올리비아를 의심스럽게 바라보고 있었다.

"……당신이 특대생인 올리비아 양? 들었던 이야기랑 인상이 다르네."

클라리스가 말을 걸었기에 올리비아는 그럴듯하게 대답했다.

"저, 저기…… 네. 제가 올리비아예요. 어떤 소문을 들으셨는지 모르겠지만, 제가 본인이 맞아요."

'올리비아의 기억으로는 얘와 접점은 없었는데.'

클라리스가 계속 의심스러운 시선을 보내자, 질크가 먼저 불쾌감을 나타냈다.

"그녀에 관한 소문들은 아무런 근거가 없습니다. 클라리스, 소문을 너무 그대로 받아들이지 않도록 부탁합니다."

그 말을 듣고 클라리스는 어깨를 으쓱였다.

"그걸 알면 같이 다니는 걸 다시 생각해야 하지 않을까? 다른 사람의 약혼자와 사이좋게 지내면 소문이 날 수밖에 없는걸?"

"그건 무관합니다."

질크가 부드럽게 부정했지만, 클라리스는 물러나지 않았다.

"관련이 있으니까 찾아온 거야. 이건 질크만 해당하는 이야기가 아니야. 약혼자가 있는데 다른 여학생과 필요 이상으로 사이좋게 지내면, 누가 됐든 소문이 날 수밖에 없어. 최근에는 전하께서 안젤리카를 냉대하신 탓에, 나도 질크와 관계가 나쁜 게 아니냐는 소문까지 돌고 있다고."

클라리스가 율리우스한테 시선을 향하자, 율리우스는 미간을 찡그리며 고개를 돌렸다.

"다른 사람의 소문 따위, 무시하면 될 뿐이다."

"소문이 도는 것만으로도 문제가 생기니 드리는 말씀입니다. 각자 자신의 신분을 생각하세요. 다른 사람의 눈이 있는 곳에서 지나치게 친하게 지내면, 이후는 어떤 소문이 더 퍼질지 알 수가 없어요."

클라리스는 질크를 비롯해 귀공자 모두를 질책했다.

부드러운 어조이기는 했지만, 다섯 명에게 충고하는 마음이 느껴졌다.

올리비아가 그 자리에서 일어서더니 클라리스한테 머리를 숙였다.

"죄, 죄송해요. 점심을 밖에서 먹자고 말한 건 저예요! 그러니까…… 이분들을 나무라지 말아 주세요."

올리비아가 사과하자 율리우스나 다른 이들도 일어섰다.

"아니, 너는 나쁘지 않다. 잘못한 게 없어."

"하지만, 저 때문에 여러분이 질책받는 건 잘못되었는걸요."

기특한 태도를 보이는 올리비아였으나, 클라리스만은 올리비아한테 예리한 시선을 향하고 있었다.

마치 올리비아의 언동이 연기임을 꿰뚫어 보고 있는 듯한 눈이었다.

"……어쨌든, 앞으로는 조심하세요. 그리고, 질크는 개인적으로 할 이야기가 있어. 다음 휴일에 상의하고 싶은데, 시간 괜찮아?"

다음 휴일이라는 말을 듣고 질크의 시선이 올리비아한테 향했다.

"아니요, 다음 휴일은……."

질크가 자주 가는 가게에 올리비아와 함께 가자고 제안한 날이었다.

질크의 분위기로 대략적인 사정을 헤아린 클라리스는 억지로 이야기를 진행시켰다.

"너무 어울려 다니지 않도록 조심하라고 말한 참이잖아. 게다가 약혼자랑 친구의 여자친구, 어느 쪽을 우선할 생각이야?"

클라리스가 질크의 팔에 자기 팔을 감았다.

질크가 고개를 숙였다가 금방 다시 고개를 들고, 평소대로의 미소를 띠었다.

"알겠습니다. 그러면 휴일에 그쪽 본가에 얼굴을 내비치도록 하지요."

클라리스는 만면의 미소를 띠었고, 그러고 나서 올리비아한테 시선을 향하며 의미심장하게 미소 지었다.

"약속을 바꿔서 미안해. 그래도 약혼자가 있는 남자들과는 너무 어울리지 않는 게 좋아. 원하지 않는 소문에 휘말리기 쉽거든."

그 모습을 보고 있던 올리비아는 냉정하게 클라리스라는 인간을 분석했다.

"……앞으로는 조심할게요."

'단순한 정략결혼인 줄 알았더니. 설마 클라리스가 질크한테 반해 있나? 이 남자한테 그럴 매력이 있는 것 같지는 않다만…… 흠, 남자 취향이 안 좋은 모양이군.'

올리비아는 클라리스가 남자 보은 눈이 없지만, 연기 낌새를 알아챈 점을 높이 샀다.

그렇다. 좋게 평가하고 말았다.

'역시 마모리아부터 무너뜨리는 게 옳아.'

◇

클라리스가 공연히 질크한테 주의를 줬다는 이야기는 금방 학원 전체에 퍼졌다.

"역시 클라리스 선배야."

"그 특대생에게 못을 박았다면서?"

"정말 대단하네. ……누구랑은 다르게 믿음직해."

안젤리카는 가는 곳마다 클라리스의 이야기를 들었다.

무능한 안젤리카를 대신해서 할 일을 해냈다는 식의 수군거림이었다.

덕분에 학생들의 불만은 어느 정도 누그러졌지만, 클라리스의 평판이 오른 만큼 안젤리카의 평판은 내려가는 결과가 되었다.

학생들에게는 1학년이 문제를 해결하지 못하니, 어쩔 수 없이 2학년이 개입해서 끝낸 한 것처럼 보였으리라. 클라리스가 남들의 시선을 신경 쓰지 않고 율리우스와 다른 귀공자들한테도 충언한 모습을 학생들은 좋게 해석했다.

안젤리카도 클라리스의 수완은 인정하지만, 클라리스가 해낸 일을 자신이 그르친 게 답답하여 견딜 수가 없었다.

마치 그녀에게 보란 듯이 패배한 것 같아 분했다.

안젤리카의 측근들이 클라리스의 소문으로 달아오른 학생들을 보고 지긋지긋하다는 듯이 말했다.

"어디든 전부 클라리스 선배의 소문 이야기로 자자하네요. 안젤리카 님의 고생을 아무도 이해하지 못하고 있어요."

측근의 말에 안젤리카는 작게 한숨을 내쉬었다.

"내가 무능하게 대처한 탓이니, 어쩔 수 없지. 그래도 덕분에 학생들의 속이 좀 풀리지 않았겠나. 이대로 전하 일행이 얌전히 지냈으면 좋겠는데……."

그들이 평민 출신 여학생과 과하게 친밀한 모습은 다른 귀족 학생들에게 반감을 품게 하는 일이었다.

그 반감이 다소 해소된 것만으로도 안젤리카는 어깨의 짐이 내려간 기분이었다.

'되도록 내 선에서 해결하고 싶었지만, 어쩔 수 없지. 클라리스한테 빚이 생겼군.'

안젤리카가 나중에 빚을 갚아야겠다고 생각하며 걷던 중, 구름다리 반대편에서 사복 차림의 학생 무리가 눈에 들어왔다.

"저건…… 발트파르트인가?"

던전 공략에 갔다고 들었는데, 이제 돌아온 참인지 모습이 말이 아니었다.

측근들이 리온 일행을 보고 입을 열었다.

"평일까지 이용해서 던전 공략에 매진했다고 합니다. 이제 직원실에 보고하러 가는 게 아닐까요?"

"3학기에 던전 공략이라니, 과제를 잊고 있었던 걸까요?"

"그동안 너무 태만했던 게 아닐까요?"

휴일이라면 또 모를까, 수업이 있는 평일까지 던전 공략을 하는 것에 측근들은 어처구니없다는 반응이었다.

하지만 당사자인 리온 일행은 표정에 즐거움이 가득했다.

안젤리카의 귀에 리온과 마리에의 대화가 들려왔다.

"한때는 진짜 어떻게 되려나 싶었는데, 무사히 끝나서 다행이다."

"그렇다니까! 이걸로 남은 2년 동안 잊고 지내도 되겠어. 이제 남은 건 학원 생활 동안 하고 싶은 걸 다 하면서 즐길 거야."

"하고 싶은 걸 다 하겠다고?"

"당연히 그래야지! 학생 시절은 짧다구. 기회가 있을 때 철저하

게 즐기지 않으면 손해야."

안젤리카는 리온과 마리에의 표정에서 눈을 뗄 수가 없었다.

단순한 잡담이건만, 대화를 나누는 두 사람이 눈부시게 느껴졌다.

안젤리카는 둘의 관계가 부러웠다.

"……즐거워 보이는군."

'나도 전하와 저런 느낌으로……. 크흠. 다른 사람을 보고 부러워하다니, 내가 생각해도 한심하구나.'

측근들한테도 들리지 않는 성량으로 중얼거리고는, 안젤리카는 즐거워 보이는 두 사람한테서 고개를 돌리고 걷기 시작했다.

제08화 「궁정 귀족과 영주 귀족」

던전 공략을 끝내고 학원에서의 일상으로 돌아온 마리에는 브리타 3인조가 가져온 소문을 듣고 놀랐다.

네 사람만 남은 방과 후의 교실에서, 브리타는 마리에가 부재한 동안 무슨 일이 있었는지를 줄줄이 이야기했다.

그 이야기 중에도 근래 새로 생긴 소문은 마리에에게 몹시 흥미로웠다.

"질크를 두고 올리비아랑 2학년 여자가 싸웠다고?!"

얼마 전 학교 정원에서 클라리스와 올리비아가 충돌했던 이야기였다.

마리에가 질크 화제에 반응하자, 브리타가 검지를 입술에 댔다.

"바, 바보야! 질크 님이라고 불러! 상대가 남자라고 해도 그렇지, 신분까지 잊어버리면 어쩌자는 거야! 상대는 왕태자 전하의 형제나 마찬가지라고. 함부로 이름을 불러대다가 클라리스 선배 귀에 들어가면 어쩌려고 그래!"

혹시 누가 들었을까, 브리타를 비롯한 세 사람이 주위를 경계했다.

1학기에 때 말 한 번 잘못했다가 스테파니한테 찍혔던 괴로운 경험이 있는 만큼, 언행을 조심하는 모양이었다.

마리에는 양손으로 입을 누르며 몇 번 고개를 끄덕끄덕한 뒤 작은 목소리로 이야기를 재개했다.

"와, 삼각관계라니, 굉장하네."

'설마 우리가 왕도 던전에 들어가 있는 사이에 올리비아가 질크한테 급접근했을 줄이야!'

지금까지 누구와 사귈 건지 확실치 않았던 올리비아가, 사실은 질크와 양호한 관계를 쌓고 있었다니!

마리에는 이 사실이 몹시 원통했다. 두 사람의 관계를 가까이에서 보지 못한 게 너무 아까웠다.

'심지어 그냥 사귀는 것도 아니고, 약혼자를 낀 삼각관계라니! 던전 과제만 아니었으면 루크시온한테 감시시켜서 라이브로 보고 싶은 정도라구!'

마리에는 최고의 연애 리얼리티 쇼를 놓쳤다는 생각에 아쉬움이 가시질 않았다.

브리타네 3인조도 연애 관련 이야기에 흥미가 있는지, 온갖 소문을 알고 있었다.

"선배가 정원에서 특대생더러 자기 남자한테 손대지 말라고 말했대. 약혼자가 있는 남자한테 손을 대는 건 그만둬라, 라고 말이지. 그 모습을 보고 있던 사람들의 속이 다 시원했을 정도였다더라."

브리타의 친구 두 명이 팔짱을 끼며 고개를 끄덕였다.

"어디 한 사람도 아니고, 귀공자 모두를 끼고 다녔으니까. 아예 거칠게 쏘아붙이길 원한 사람도 있었을 거야."

"안젤리카 님이 요즘 영 미덥지 못하니까."

귀공자를 제 남자처럼 거느린 올리비아를 앞두고, 클라리스가 학생들의 불만을 대변했으니, 학생들은 그것만으로도 기분이 좋았을 것이다.

마리에는 머리를 감싸 쥐었다.

"나도 보고 싶다!"

그러자 브리타는 히죽히죽 웃었다.

"과제를 미리 안 끝내놓은 네 탓이지. 그래서, 이 이야기에는 뒤가 있는데 말이지."

"더 있다고?! 들려줘!"

눈동자를 반짝이며 마리에가 몸을 앞으로 내밀자, 브리타도 기분 좋게 이야기를 늘어놓았다.

"그 이후로 어쩐 일인지 그간 끄떡하지도 않던 특대생이 얌전해졌는데, 실은 뒤에서 클라리스 선배가 강하게 압박한 게 아니냐는 소문이 있어. 그 왜, 클라리스 선배는 궁정 귀족이잖아? 아주 야비한 수법을 쓴 게 아닐지 싶어."

질크의 약혼자인 클라리스가 올리비아를 멀리 떼어 놓기 위해 야비한 수단을 썼다?

마리에로서는 흥미가 동하는 이야기지만, 브리타의 설명이 잘 이해되지 않았다.

"그게 궁정 귀족인 거랑 무슨 상관인데?"

고개를 갸웃하는 마리에를 보고 브리타가 놀라서 눈이 휘둥그레졌다.

"너, 아무것도 모르는구나. 왕가를 직접 섬기는 궁정 귀족은 지위가 높을수록 음습한 수단을 선호한다는 건 상식이야. 클라리스 선배의 본가는 대대로 당주가 대신직을 맡고 있을 정도니까, 뒤에서 이것저것 하는 건 특기일 거야. 궁정 귀족 출신인 애들은 대부분 음습한 걸 보면 틀림없어."

브리타는 궁정 귀족들에게 몹시 강한 편견을 갖고 있었다.

"흐음~, 그랬구나."

마리에가 일단 감탄하고 있자 브리타는 앞으로의 전개가 신경 쓰이는지 그다음을 이야기했다.

"지금은 질크 님을 둘러싼 관계로 들떠 있지만, 율리우스 전하나 다른 귀공자들도 있잖아? 이제부터 어떻게 될지, 다들 꽤 기대하고 있어. 누가 특대생을 손에 넣을 것인지 내기도 있다는 것 같아."

"어? 질크…… 씨를 골라서 싸운 게 아니었어?"

브리타의 말투로는 올리비아는 아직 연인을 정하지 않은 모양이었다.

브리타는 팔짱을 끼고 이야기했다.

"아닐 거야. 딱히 그런 소문은 없었어. 클라리스 선배한테 약혼자가 있는 남자와 이상하게 친하게 지내지 말라, 라는 말을 듣고 나서는 뒤에서 몰래몰래 만나고 있다고는 들었지만."

"뒤에서는 만나고 있는 거잖아? 제법이네."

올리비아의 수완에 감탄했지만, 마리에는 하나 마음에 걸리는 점이 있었다.

'전에 봤을 때는 그렇게 요령 좋아 보이지는 않았는데. 갑자기 각성했나?'

브리타의 이야기로부터 보면, 연애에 서툴러 보였던 올리비아가 마치 귀공자 다섯 명을 마음대로 농락하고 있는 것처럼 느껴졌다.

의문점이 있지만, 마리에는 그 여성향 게임의 주인공인 올리비아와 귀공자들의 연애 사정이 신경 쓰여서 견딜 수가 없었다.

'꼼꼼하게 조사해 봐야겠는걸. 리온한테 부탁해서 루크시온의 힘을 빌려야겠어.'

◇

"주인공이 누구와 맺어질지 신경 쓰이니까, 나더러 루크시온을 불러내라고? 자기 욕구에 지나치게 충실한 거 아니냐?"

휴일 아침에 마리에가 내 방을 찾아왔다.

남자 기숙사에 여자가 들어오는 건 좀 그렇지 않나 싶지만, 아무도 뭐라 하지 않았던 모양이다.

학원은 이런 부분에서도 여자한테 관대하다. 어이가 없군.

남자가 이유도 없이 여자 기숙사에 숨어들었다간 자칫 퇴학당할 수도 있는데.

잠에서 막 깬 내가 침대 위에서 하품하자, 마리에는 양손으로 주먹을 꽉 쥐고 위아래로 흔들었다.

꽤 흥분한 모양이다.

"지금은 질크의 약혼자인 클라리스가 참전해서 학원 전체가 달아올라 있다구!"

"그러면 좋든 싫든 소문이 퍼지겠군. 브리타한테 소문을 들으면 되잖냐."

오락이 적은 세계라서 그런가, 이런 속된 화제는 금방 퍼진다.

이전 생에서도 연예인의 스캔들은 화제가 되기 쉬웠는데, 여긴 오죽 하겠는가.

오락이 적기에 누구나가 이런 화제에 굶주려 있는 거다.

"당연히 걔들한테서 소문을 들을 거지만, 이런 건 기브 앤드 테이크라구. 일방적으로 의지하는 관계는 건전하지 않아."

"……일방적으로 신시아랑 에리, 베티를 돌봐주고 있는 네가 말하니 설득력이 없구만."

마리에는 신시아와 에리, 베티를 바지런히 돌봐주고 있지만, 그녀들한테서 무언가 보답받았다는 이야기는 들은 적이 없다.

납득하지 못한 내게 마리에는 어깨를 으쓱였다.

"걔들 셋은 예외고, 브리타네가 보통인 거야. 게다가 아무도 모르는 정보를 가지고 있다는 건 우월감이 있잖아?"

"본심은 그거냐. 우월감을 위해 프라이버시를 들추려 하다니,

최악이구만.”

하품하며 말하자, 마리에도 나쁘다고는 생각하는지 한 걸음 물러섰다.

“그, 그래도, 우리한테도 중요한 정보잖아? 올리비아가 누구랑 사귈지 정해지면 모든 문제가 해결되는 거고.”

“확실히. 최종 보스는 봉인했으니까, 그 여성향 게임에서 신경 쓰이는 부분은 주인공님과 공략 대상들의 연애 정도군. 하지만 내막은 우리가 몰라도 문제없잖아?”

내가 올리비아 양과 공략 대상들의 연애 사정에 흥미를 보이지 않자, 마리에가 필사적으로 설득을 시도했다.

“그래도 왜, 우리가 이것저것 손을 댔으니까, 올리비아랑 공략 대상들의 관계가 잘 될지 불안하지 않아? 제대로 지켜보는 것도 의무라고 생각해.”

일단 일리는 있군.

확실히 올리비아와 공략 대상들의 사이가 깊어지는 이벤트를 우리가 방해하고 있는 건 사실이다.

오플리 가문 토벌에 더해 수학여행에서는 올리비아 양은 공략 대상과 지내지 못했다.

모든 것이 우리의 책임이라고는 생각하지 않지만, 방해했다는 자각은 있다.

내가 고민하고 있자, 마리에가 연이어 설득했다.

“꼬치꼬치 캐내려고는 하지 않을 테니까. 정말로 그 애들의 관계를 지켜보기만 할 뿐이니까, 부탁해!"

양손을 모으며 부탁하는 마리에한테, 나는 어처구니없어하면서 깊은 한숨을 내쉬었다.

그다지 내키지는 않지만, 마리에의 주장에도 일리는 있다.

"알았어. 루크시온한테 연락을 취할게."

"아싸!"

마리에가 깡충깡충 뛰며 기뻐하는 모습은 귀엽지만, 다른 사람의 연애 사정을 엿보고 싶다는 소원이 이뤄져서 들떠 있다고 생각하니 미묘한 기분이 들었다.

나는 방에 숨겨 뒀던 통신기를 꺼내 루크시온한테 연락했다.

"루크시온, 이쪽에서 문제가 생겼으니까 협력해 주지 않겠냐?"

무전기형 통신기로 말을 걸자, 곧바로 대답이 왔다.

『문제의 정도에 의하겠습니다만——.』

「갸아아아아악?!!!」

대답과 동시에 통신기 너머에서 사념체가 된 성녀님의 비명이 들려왔다.

나는 무전기에서 곧바로 귀를 떼고 얼굴을 멀리 떨어뜨렸다.

"히익?! 너, 너, 뭘 하는 거냐? 사념체가 절규하다니, 무슨 일이냐고?!"

루크시온의 목소리는 평소대로인 것이 괜히 더 공포를 돋보이게 했다.

마리에도 완전히 질겁하고 있었다.

"어? 뭔데? 루크시온, 그 사념체로 뭐 하고 있는 거야?"

루크시온이 마이크를 조정했는지, 사념체의 비명은 작아져서 마지막에는 들리지 않게 되었다.

『걱정할 필요는 없습니다. 청취 조사를 하고 있었습니다.』

"청취 조사로 사념체가 비명을 지르냐?"

『그것보다, 긴급한 용건이 있어서 연락하신 것 아닙니까?』

아무래도 사념체에 관한 화제는 넘어가려는 모양이다.

내가 마리에를 보니 일단 이야기를 진행하라고 눈으로 신호를 보내왔다.

고개를 끄덕이고 루크시온한테 사정을 설명했다.

"실은 올리비아 양의 연애 관련으로 진전이 있었어. 자세하게 조사하고 싶으니까 네 도움이 필요하다. 이쪽으로 와주지 않겠냐?"

내가 솔직하게 도움을 요청하자 루크시온은 즉답했다.

『필요성이 느껴지지 않기에 거부하겠습니다.』

"……뭐? 아니, 그 여성향 게임 관련 안건이라고. 필요성은 충분히 있잖냐. 우리가 여러 가지로 휘젓고 다녔으니까, 책임도 있고."

『이미 최종 보스라는 최대 문제를 배제했습니다. 올리비아가 누구와 맺어지건, 큰 차이는 없습니다. 맺어지지 않더라도 문제 역시 발생하지 않겠지요.』

"그, 그건……. 마리에, 어떻게 하냐?"

도움을 요청했지만, 마리에도 팔짱을 끼고 생각에 잠겨 있었다.

"누구와도 맺어지지 않아도 나라는 멸망하지 않으니까, 루크시온의 말도 틀리진 않네."

"너, 조금 전의 의욕은 어디로 갔냐?! 올리비아 양의 미래를 일
그르뜨린 우리한테는 그녀의 장래에 책임이 있잖냐. 그러니까
자! 루크시온도 힘을 빌려 달라고."

힘을 빌리고 싶은 이유를 말했지만, 루크시온은 납득하지 않
았다.

『우선도가 낮은 안건이군요. 저는 사념체 조사가 바쁘기에 거
부하겠습니다. 대신 마스터와 마리에에게 조사할 수 있는 도구를
보낼 테니, 필요하시면 직접 조사해 주십시오. 이만 실례하겠습
니다.』

뚝, 하는 소리를 내며 통신이 끊겨 버렸다.

나는 마리에한테 시선을 향했다.

"거절당했는데."

마리에는 그런 나를 차가운 눈으로 봤다.

"너, 그 녀석한테 버림받은 거 아니야?"

"아니, 그건 아마도 아니……라고 생각하는데."

확답하지 못하는 날 보고, 마리에는 어처구니없다는 얼굴로 고
개를 가로저었다.

『이런이런, 긴급 연락인가 싶었는데 우선도가 낮은 제안이라

니요. 마스터는 좀 더 상황을 생각해 줬으면 하는군요.』

통신을 끊은 루크시온은 사로잡은 사념체한테 외눈을 향했다.

『잠시 방해가 들어왔지만, 재개하죠.』

다시 전류를 흘려보내려 했지만, 플라스크 안의 사념체한테 변화가 일어났다.

「……방금 목소리, 리아로구나.」

리온을 리아라고 인식하고 있는 사념체한테, 루크시온은 단말의 빨간 렌즈를 요사스럽게 빛냈다.

『몇 번이나 정정시키다니, 신인류의 사념체는 영리하지 못하군요. 제 마스터는 리아라는 이름이 아닙니다.』

플라스크에 찰싹 달라붙은 사념체가 루크시온한테 제안했다.

「리아와 대화하게 해다오. 그렇게 하면 나는 모든 걸 숨김없이 이야기하겠다고 약속하지. 나는 리아를 다시 만나기 위해…… 이런 비참한 모습으로 전락한 거다.」

실은 포기할 줄 모르는 사념체의 고집에 루크시온도 방침 전환을 고려하고 있었다.

이대로 계속 공격하면 사념체가 힘이 다해 버릴 가능성도 있다.

정보를 빼내지 못한 채 기회를 잃는 건 좋은 방책이 아니라는 결론에 이르렀다.

『제공하는 정보가 어떠한지에 따라서 고려하도록 하지요. 제가 유익하다고 판단하지 않는 한, 마스터를 대면하는 것은 절대로 허가하지 않겠습니다.』

루크시온은 유익한 정보와 리온을 대면시켰을 때의 위험성을 천칭에 달았다.

천칭은 유익한 정보로 기울었다.

사념체가 웃더니, 빨갛게 빛나는 입을 초승달처럼 벌렸다.

「뭐든지 묻도록 해라. 내가 아는 정보는 아낌없이 제공해 주마. 그걸로 리아를 만날 수 있다면 값싼 거다.」

『……그러면, 몇 가지 영상을 보여주겠습니다. 정보를 가지고 있다면 대답하십시오.』

루크시온은 방의 벽에 영상을 투영했다.

그러자, 한 영상에 사념체가 반응했다.

「잠깐. 방금 건 본 기억이 있다. 우리가 마장이라고 부르는 도구와 비슷하군. 우리가 손에 넣은 건 일부분이라 정확하지는 않지만, 특징이 비슷하다.」

사념체가 반응한 영상은 루크시온이 가지고 있던 신인류의 병기 중 하나였다.

루크시온의 빨간 렌즈가 강하게 반짝였다.

『자세한 정보를 요구합니다.』

◇

"루크시온의 힘을 빌릴 수 없는 건 아쉽지만, 이렇게 되면 우리 힘으로 조사하는 수밖에. 다행히 루크시온이 도구를 줬으니까 어렵진 않겠네."

기분을 새로이 다잡은 마리에는 루크시온한테서 방금 막 전달받은 도구를 들고 의욕을 내보이고 있었다.

작은 구체 드론 여러 개와 그걸 조종하는 리모컨이 하나.

영상과 음성을 확인하는 모니터도 마련되어 있었다.

루크시온이 준 도구답게 고성능이지만 나는 이 도구들을 앞에 두고 생각했다.

"이걸 써서 조사하면 도촬 아니냐?"

"……그것도 그러네."

중간에 루크시온을 끼지 않기에 불필요한 정보까지 손에 들어올 터.

나도 마리에도 도촬하는 취미는 없고, 그럴 필요성이 있는 안건도 아니었다.

"역시 루크시온이 말하는 대로 우선도가 낮아. 나로서는 올리비아 양이 행복해졌으면 하지만, 그걸 위해서 도촬하는 건 싫다고."

"으음. 지금 다시 생각해 보니까, 이렇게까지 해서 조사하는 건 좀 아닌 거 같아. 역시 소문을 수집하러 다녀야겠어."

도구를 사용하는 건 포기한 마리에였으나, 세 사람을 조사하는 건 계속하는 모양이다.

"아니…… 조사 자체는 계속하는 거냐?"

"당연하잖아. 자, 학원에서 나가서 탐문 조사를 하자. 오늘은 휴일이니까, 소문을 좋아하는 여자들은 마을로 나와서 놀고 있을 거야. 정보는 발로 모으는 거라구!"

기뻐하면서 말하는 마리에한테서 시선을 돌리고, 나는 루크시온이 준비한 도구를 봤다.

"……큭, 이번 일은 원망할 거다, 루크시온."

이리하여 나는 마리에한테 억지로 어울려 마을로 나가게 되었다.

◇

"거기 그녀들! 내가 쏠 테니까 학원에서 화제인 소문을 알려주지 않겠어?"

헌팅하는 것처럼 말을 건 상대는 카페의 테라스 자리에서 차를 마시고 있는 사복 차림 학원 학생들이었다.

무작정 아무나 말을 건 게 아니라, 여자들 사이에서 정보통으로 유명한 애들이다.

헌팅하는 모양새가 된 건 어떻게 말을 걸면 좋을지 떠오르지 않아서였다.

말을 건 여자들의 전속 사용인들이 나를 돌려보내려고 앞으로 나왔다.

전속 사용인은 대체로 아인종인데, 나를 돌려보내려 한 녀석도 엘프였다.

"아가씨에게 거리낌 없이 말 걸지 마라."

그걸 여자 중 한 명이 제지했다.

그녀들은 처음에는 나를 노려보며 경계하고 있었지만, 뒤에 마리에가 있는 걸 보고 헌팅이 아닌 걸 안 모양이었다.

"기다려. 나도 그 녀석한테 용건이 있어."

전속 사용인이 말없이 물러나자, 여자가 평가하는 듯한 시선으로 나를 봤다.

"너, 소문의 발트파르트지?"

"어라? 나 유명인이었나?"

시치미를 떼는 척하자, 여자가 혀를 찼다.

"쯧."

"……죄송합니다."

"오플리 가문과 라판 가문을 멸문시킨 너를 모르는 녀석이 학원에 있겠어? 디어드리와도 제법 친하게 지내는 모양이고. 영주 귀족 녀석들은 너무 난폭하다니까."

잘 차려입은 사복이기에 지위가 높은 아가씨라고는 생각했지만, 고위 궁정 귀족 집안인 모양이었다.

나한테 가시가 있는 말투가 튀어나오는 것도 이해가 갔다.

영주 귀족과 궁정 귀족은 비슷한 것 같지만, 실은 전혀 다른 존재다.

영주 귀족들은 영지와 자치권을 가지면서 왕국을 섬기고 있다. 쉽게 말하자면 자회사 같은 존재다.

궁정 귀족은 영지도 자치권도 가지지 않지만, 왕가의 신하 역할을 한다.

본사의 사원이나 임원이라고 보면 된다.

양쪽이 견해가 다른 탓에 마찰이 생길 때가 있다는 건 알았지만, 이렇게까지 노골적인 반응은 또 드물었다.

"어라? 나, 너희들한테 미움 살 짓을 했던가?"

기억에는 없지만, 사과하면서 소문 이야기에 관해 들으려고 했다.

하지만 그녀들은 정말로 나와 거의 관계가 없었다.

"직접적인 관계는 없어. 애초에 말을 섞은 것도 이번이 처음이니까."

"으음……."

그냥 덮어놓고 영주 귀족 출신을 싫어하는 애들이구나~, 하고 생각하고 있자, 보다 못한 마리에가 끼어들었다.

"얘는 잊어버려. 특대생 관련 소문을 알고 싶어. 그 왜, 클라리스 선배가 뒤에서 심한 짓을 하고 있다는 얘기가 있던데?"

마리에가 소문의 진상을 확인하려 하자, 그녀들은 노골적으로 불쾌한 듯한 표정을 지었다.

"뭐? 왜 클라리스 선배가 뒤에서 교활한 짓을 해?"

"어? 나는 그렇게 들었는데?"

"저기 말이야, 그 사람은 우리보다 한층 위의 순수혈통 아가씨야. 뭐든 폭력으로 해결하려 하는 영주 귀족과는 다르게, 무슨 일이든 스마트하게 해결한다고. 이상한 소문을 그대로 믿지 마."

여자가 그렇게 말하자 나와 마리에는 서로 얼굴을 마주 보았다.

"전에 들은 소문과 다른데?"

"대체 어떻게 흘러가고 있는 건지."

우리가 고개를 갸웃하자, 여자는 불만인지 살짝 목소리가 거칠어졌다.

"안젤리카가 미덥지 못하니까 클라리스 선배가 어쩔 수 없이 해결해 준 거야. 뒤에서 특대생한테 압력을 가했다는 건 말이 안 돼. 애초에 특대생은 신경 쓰지도 않았는걸."

궁정 귀족 출신 여자들은 클라리스 선배를 신뢰하고 있는 모양이다.

"……휴식 중에 방해해서 미안했습니다. 그러면, 이걸로 실례하지요."

나는 이야기 값으로서 테이블에 코인을 올려놓고 떠났다.

마리에가 내 뒤를 따라왔기에 걸으면서 이야기했다.

"뭔가 생각했던 것보다도 수상한 분위기구만."

"소문이 엇갈리고 있어."

브리타네 3인조가 말한 소문 이야기와 조금 전의 여자들이 한 이야기―― 나는 아무래도 영 마음에 걸렸다.

"본격적으로 조사하는 편이 좋을 것 같군."

의욕을 낸 나를 보고, 마리에가 조금 기뻐했다.

"이제야 겨우 진심을 낼 생각이 든 모양이네. 그래서, 앞으로 어떻게 할 거야?"

나는 걸으면서 의지할 사람이 없는지 생각했다.

한 인물이 머릿속에 떠올랐다.

"믿음직한 친척이 있잖냐. 거기서 이야기를 듣자고."

"엑?!"

마리에는 누구인지 예상이 됐는지, 조금 싫은 듯한 표정을 지었다.

어째서 싫어하는 건데?

제09화「졸업식 후」

디어드리 선배를 찾아다닌 결과, 그녀를 찾은 곳은 왕도에 있는 옷 가게였다.

아무래도 졸업 파티용 드레스를 생각하고 있는 모양이었다.

그냥 왕도에 있는 로즈블레이드 저택으로 부르면 되는데, 일부러 가게로 행차한 이유는 디어드리 선배의 변덕이었다.

디어드리 선배가 말하길 '오늘은 쇼핑 기분이었어요'라고.

치수 재기나 원단 등 디자인을 정하는 중인지, 방에 커튼을 치고 너머에서 목소리만 들려왔다.

조명 탓에 디어드리 선배의 실루엣이 커튼에 비쳤는데, 도로테아 형수와 마찬가지로 글래머러스한 몸매를 지니고 있었다.

"클라리스의 소문? 흥미가 없어서 조사하지 않았어요. 애초에, 저희처럼 이목을 끄는 사람들은 항상 근거 없는 소문이 따라다닌답니다."

이런 상황에서도 굳이 우리를 상대해 주는 건 디어드리 선배의 후의다.

나는 커튼 너머로 디어드리 선배의 실루엣을 바라보며 말했다.

"그렇다면 클라리스 선배의 사람 됨됨이를 알려주시지 않겠습니까? 소문이 뒤죽박죽이라, 어느 게 진실인지 분간할 수가——

175

으악?!"

마리에가 내 발등을 있는 힘껏 짓밟았다.

너무나도 격심한 고통에 목소리도 내지 못하고 있자, 마리에가 나한테서 고개를 돌렸다.

"흥!"

커튼 건너편에 있는 디어드리 선배는 우리가 뭘 하고 있는지도 모른 채 질문에 대답해 주었다.

"서로 모르는 사이는 아니니까, 사람 됨됨이 정도는 알고 있사와요. 하지만 제가 설명한다고 해서 당신들이 납득할 것 같지는 않네요."

아무래도 쉽게는 가르쳐 줄 생각은 없는 듯했다.

그때 갑자기 커튼이 활짝 열렸다.

속옷 차림의 디어드리 선배가 부끄러워하는 기색도 없이 우리 앞에 나타나, 자랑거리인 세로로 말린 롤 머리를 손으로 앞쪽에서 등 뒤로 이동시켰다.

"제가 멋대로 이것저것 말하기보다, 직접 만나보는 편이 빠르겠죠. 곧바로 준비할 테니까, 여기서 기다리고 있도록 하세요. 클라리스와 만나게 해드리겠어요."

"후와앗?! 감사합니다!!"

깨닫고 보니 나는 두 눈을 크게 뜨고 디어드리 선배의 모습을 뇌에 새기고 있었다.

그 때문에 알아차리는 게 늦어지고 말았는데, 이미 마리에가 치켜올린 주먹을 내 복부를 향해 꽂아 넣으려 하고 있었다.

던전 안에서 곰 몬스터를 날려 버린 광경이 선명하게 생각나서, 나는 순식간에 새파래졌다.

곧바로 사과하려고 했지만, 이미 때는 늦고 말았다.

◇

나는 파래진 얼굴로 배를 쓰다듬으며 애틀리 가문 저택에 도착했다.

디어드리 선배가 함께 온 덕분에 순조롭게 응접실로 안내받을 수 있었다.

곧바로 클라리스 선배가 나타났는데, 초면부터 괴로운 얼굴로 맞이하는 날 보고는 흠칫했다.

"디어드리 선배. 얘들, 괜찮은 거야? 화장실로 안내시킬까?"

괴로워하며 떨고 있는 나를 곁눈질로 본 디어드리 선배는 조금이지만 기뻐하고 있는 듯했다.

소파 등받이에 팔을 걸치고, 다리를 꼬고는 입가를 마음에 드는 부채로 가리고 있다.

"그건 별로 중요하지 않은 이유니까 신경 쓰지 않아도 괜찮아. 그것보다 이 두 사람이 당신의 소문에 관해 궁금한 모양인데, 귀찮으니까 직접 이야기를 들으라고 데리고 왔어."

우리를 데리고 온 이유를 숨김없이 전하자, 클라리스 선배의 측근이라 생각되는 사복 차림 남자들의 시선이 험악해졌다.

마리에는 나한테서 고개를 돌리고 있어서, 대화에 끼려고 하지 않았다.

어쩔 수 없기에 나는 떨면서 디어드리 선배한테 항의했다.

"디어드리 선배…… 좀 더 말을…… 골라 주시죠."

"귀찮은걸. 게다가 대화로 이것저것 떠보는 건 선호하지 않아요. 클라리스는 궁정 귀족 출신답게 이것저것 억측하려 들어서 끝이 없답니다."

작게 한숨을 쉰 디어드리 선배를 보며 클라리스 선배가 뺨을 씰룩거리고 있었다.

"대충대충이고 조잡한 건 영주 귀족 출신이라서 그런가? 하다못해 말을 고르려는 노력은 해줬으면 하는데."

여기서도 영주 귀족과 궁정 귀족끼리 다투는 건가 싶었는데, 두 사람은 하고 싶은 말을 끝내자 질질 끌지 않고 본론으로 들어갔다.

디어드리 선배가 내게 시선만을 향했다.

"지금 본 대로, 클라리스는 성격이 조금 귀찮지만, 평범하게 지내고 있을 때는 얌전해요."

그 의견에 클라리스 선배가 납득하지 못하는 듯했다.

"평범하지 않을 때가 있는 것 같은 말투네."

"어머? 어릴 적에 파티 회장에 에어바이크를 타고 쳐들어와서 엉망진창으로 만든 게 누구였더라?"

"언제 적 이야기야."

"지금도 크게 다르지 않잖아? 연애 관련이 되면 엄청나게 귀찮아지는 버릇은 그만두는 편이 좋다고 몇 번이나 충고했는데."

"두 번이야. 딱 두 번! 그렇게나 많이 충고받지 않았어."

"두 번이나 충고했으면 충분하지."

디어드리 선배가 어처구니없어하자, 클라리스 선배는 뺨을 부풀리며 고개를 홱 돌렸다.

어쩐지 귀여운 느낌의 선배군.

뒤에서 대기하고 있는 측근 남자들도 그런 클라리스 선배를 흐뭇한 듯이 보고 있었다.

지금까지 잠자코 있던 마리에가 나한테 작은 목소리로 말을 걸었다.

"음습한 짓을 할 만한 사람으로는 보이지 않네."

"그러게."

브리타네 3인조가 말하는 그런 사람으로는 보이지 않아서, 이건 악평이 거짓말이려나 하고 생각하고 있자 클라리스 선배가 우리한테 미소를 향했다.

"내 소문 이야기를 조사하는 이유를 물어봐도 될까?"

"여러 가지로 신경 쓰이는 소문이 나돌고 있어서 진위를 가리는 중입니다."

내가 배를 누르며 그렇게 말하자, 마리에가 나 대신 이야기해 주었다.

"나도는 소문들이 서로 어긋나는 부분이 있었거든요. 지금 가장 유명한 건 특대생을 뒤에서 음습하게 괴롭히고 있다는 소문이에요. 그런데 이게, 출신에 따라 의견이 갈리고 있거든요."

마리에가 단호하게 말하자 뒤에서 대기하고 있던 측근 남자들이 험악한 표정을 지었다. 소문의 출처에 분노하는 것이다.

클라리스 선배를 위해 화를 내주는 사람이 있는 걸 보니, 어지간히 인망이 두터운 모양이었다.

당사자인 클라리스 선배와 우리를 따라온 디어드리 선배는 이 이야기를 흥미롭다는 듯이 듣고 있었다.

디어드리 선배가 클라리스 선배에게 물었다.

"이 이야기, 어떻게 생각해?"

클라리스 선배도 무언가 신경 쓰이는 점이 있는 모양이었다.

"궁정 귀족 출신인 애들이 영주 귀족 출신인 애들을 비난하는 발언이 늘고 있는 거야. 대립이야 늘 있던 거지만, 이렇게까지 노골적이지는 않았는데."

디어드리 선배도 같은 의견인 듯하다.

"누구의 소행인지, 짐작하는 바가 있어?"

어느샌가 부채를 접고 진지한 표정을 짓고 있었다.

"영주 귀족 출신인 애들이 의도적으로 퍼뜨리고 있는 모양이야. 게다가 출처는 1학년 같아."

클라리스 선배는 이미 한 번 조사한 모양이지만, 확증은 없는 것 같았다.

디어드리 선배가 불만스럽게 말했다.

"마음에 안 드는걸. 누군가가 뒤에서 움직이는 거 같은데. 차라리 이참에 안젤리카를 포함해서 대화 자리를 만드는 게 어때? 졸업 전에 정리하고 싶은데."

디어드리 선배가 제안하자 클라리스 선배가 얼굴 옆에서 손을 모았다.

기뻐하는 듯하면서 사과했다.

"미안~. 졸업식 후에 질크랑 같이 배 여행이 예정되어 있어서, 준비하느라 한동안 바빠. 대화는 내년에 할 테니까, 나한테 맡겨주지 않겠어? 질크가 마음에 들어 하는 홍차나 요리를 준비하려면 사람을 배치하는 게 보통 일이 아니거든."

여행 예정이 있다고 기쁜 듯이 말하는 클라리스 선배를 보고, 디어드리 선배가 뺨을 씰룩거렸다.

"여전히 그 남자에게 매달려 있구나. 너무 열중해서 주변에 소홀해지진 않았나 몰라. 특히 그 남자는 미각에 문제가 있잖아? 맛없는 요리를 일부러 준비할 생각이야?"

"어머? 그저 입맛이 조금 개성적일 뿐이야. 나는 질크의 취향을 받아들이고 있으니까 문제없어. 어쨌든, 안젤리카한테는 내가 직접 이야기할게. 덕분에 이상한 소문이 돌게 했으니, 한마디 정도는 해야지."

미소 지은 얼굴로 설교하겠다고 하는데, 이 사람은 화를 내도 무섭지 않을 것 같다.

그것보다도 두 사람의 대화로 추측건대, 클라리스 선배는 꽤 일편단심이구만.

나는 감탄하면서 마리에한테 화제를 던졌다.

"일편단심이라 귀여운 사람이구만. ……마리에?"

마리에가 클라리스 선배를 보는 눈이 미묘했다.

◇

대면이 끝나고 학원으로 돌아오는 길.

마리에는 클라리스 선배에 대한 감상을 말했다.

"그 사람, 너무 무거워."

"어~, 그저 일편단심인 것뿐이잖냐."

"상대의 취향에 너무 맞추는 것도 무겁고, 여행을 위해서 그렇게까지 하는 것도 이상해. 오로지 질크를 위해서 요리사를 따로 부르다니, 정상이 아니야."

"나한테는 그냥 갸륵한 걸로 보이는데."

"여전히 바보구나. 아마 나 이외에 다른 사람이랑 사귀었으면 분명 따끔한 맛을 봤겠지."

"이미 너랑 사귄 덕분에 물리적으로 실컷 따끔한 맛을 봤다만."

아직 아픈 복부를 손으로 누르는 나를 보고, 마리에는 질색한 표정을 지었다.

"그런 의미가 아니라구."

나는 배를 문지르며 이야기를 정리하기로 했다.

"어쨌든, 그 사람이 뒤에서 음습한 괴롭힘을 한 것 같진 않아. 저게 전부 연기였으면, 나는 인간 불신이 될 자신이 있어."

"그럴 가능성도 없다고는 못하는데. 하지만 나도 그 사람이 괴롭힘을 했을 것 같지는 않아. 그러면 이 소문의 출처는 대체 어디지? 1학년 영주 귀족 출신인 애들이 주도하는 모양이던데."

신경 쓰이는 점도 있지만, 이 이상은 우리가 조사해도 의미가 없으리라.

"우리가 신경 써도 어쩔 수 없잖냐. 그것보다도 졸업식 후에는 3학년이 모두 모인 파티가 있다고. 학기 말의 학년별 파티보다 규모도 크고. 그쪽을 신경 쓰는 게 어때?"

파티라는 말을 듣고 마리에의 눈빛이 변했다.

"그래, 파티야! 이번에야말로 제대로 참가해서 즐기겠어. 아, 드레스도 준비해야지."

마리에의 발걸음이 가벼워지는 것을 보고 타산적인 녀석이구만, 하고 생각했다.

◇

남자 기숙사에 있는 율리우스의 방을 찾아온 질크는 심각한 얼굴로 상담하고 있었다.

상담을 받은 율리우스가 팔짱을 꼈다.

"클라리스가 억지로 예정을 짰다고?"

"……예. 졸업식 후의 파티가 끝나면, 그대로 저랑 같이 여행을 떠날 생각인 모양입니다. 이전부터 예정이 있기에 출발을 늦춰 줬으면 한다고 부탁했지만, 올리비아 씨가 연관되어 있다는 걸 꿰뚫어 보고 있었습니다."

진급 전에는 2주 정도의 방학이 있는데, 클라리스는 2주를 전부 여행 예정으로 채워 버렸다.

질크는 깊은 한숨을 내쉬었다.

"하루 정도 자유롭게 해줬으면 한다고 부탁은 해봤습니다만, 자기를 두고 특대생을 고르는 거냐고 압박하는 탓에……."

심각하게 상담하는 질크를 보다 못한 율리우스가 클라리스한 테 약간 화를 냈다.

"그만 됐다. 하루 정도는 내가 억지로 너를 데리고 나와 주마. 올리비아와 둘이 외출할 예정이었다만, 너도 호위로서 따라와라."

"괜찮은 겁니까?"

"문제없다. 클라리스한테도 불만을 말하지 못하게 하겠다. 너는 내 젖형제니까. 하루 정도는 여행 일정이 늦어져도 양보받아야겠다."

율리우스가 그렇게 말해 줘서 질크는 진심으로 안도했다.

"감사합니다, 전하!"

머리를 깊이 숙이는 질크였으나, 마음속으로는 잘 풀렸다며 기뻐하고 있었다.

확실히 클라리스한테 선택을 강요당했지만, 질크가 말하는 만큼 억지로는 아니었다.

올리비아와의 예정 건도 의심받고 있었던 정도에 지나지 않는다.

질크는 율리우스를 이용하기 위해 거짓말을 했다.

'조금 치사하지만, 클라리스한테는 나중에 사과해 두죠. 다만, 사전에 알렸다간 성가셔질 것 같군요.'

질크는 율리우스한테 하나 부탁을 했다.

"그리고, 부탁이 하나 있습니다만."

"뭐지?"

"클라리스한테 당일 예정을 전하지 말아 주십시오. 알면 무슨 짓을 할지 알 수가 없습니다."

질크가 난처한 표정을 지었다.

이건 질크가 꾸민 거짓말이 아니다.

계획이 들통나면 클라리스가 질크를 억지로 데려갈 가능성이 있다.

율리우스가 고개를 갸웃했지만, 질크의 약혼자이기에 깊게 추궁하지 않았다.

"네가 그렇게 말한다면 정말이겠지. 알았다. 클라리스한테는 아무 말도 하지 않고 있겠다."

"감사합니다, 전하."

'이걸로 일단 안심이군요. 클라리스가 저를 사모해 주는 건 기쁘

니다만, 그녀의 사랑은 제가 감당할 수 있는 게 아닙니다.'

진심으로 안도하는 질크를 보고 율리우스가 질문을 던졌다.

"너는 클라리스가 어려운 건가?"

질크는 시선을 이리저리 피하고 나서, 상대가 율리우스이기에 체념한 것처럼 본심을 토로했다.

"클라리스는 애정 표현이 특수해서 말이지요. 저와 관련된 걸 철저하게 조사하지 않으면 직성이 풀리지 않는 성격입니다."

"그 정도라면 귀여운 수준이지 않나."

율리우스의 인식이 무르다고 생각한 질크가 언성을 높이며 필사적으로 클라리스의 이상한 점을 말했다.

"귀엽다고요?! 전하는 클라리스의 무서움을 모릅니다. 클라리스는 제가 남몰래 혼자 다니고 있던 가게까지 특정할 뿐만 아니라, 언제 이용했는지도 모조리 알고 있단 말입니다! 한 번은 제가 갖고 싶다고 생각만 했던 물건이 있었는데, 도대체 어떻게 안 건지, 그걸 제게 선물한 적도 있습니다! 저는 무서워서 견딜 수가 없습니다!"

질크가 거리를 두고 싶어 하는 건 클라리스한테도 문제가 있기 때문이다.

율리우스는 호들갑이라고 생각했는지 질크의 이야기를 들어도 웃을 뿐이었다.

"네가 어려워하는 여성이 있다니, 놀랍군."

"좀 더 진지하게 들어 주셨으면 하는군요. 저는 그녀 때문에 몇 번이나 식은땀을 흘렸단 말입니다."

율리우스는 초조해하는 질크를 보며 재미있어했다.

"네가 당황하는 모습은 오랜만에 봤다."

"……놀리지 말아 주십시오."

◇

그 무렵, 올리비아는 자기 방에서 편지를 읽고 있었다.

다 읽자, 손으로 편지를 꽉 쥐어 구겨 버리고는, 불꽃을 꺼내 태워서 재로 만들어 버렸다.

손뼉을 두드려 재를 털고는, 올리비아는 헝겊을 들어 더러워진 손을 닦았다.

"의외로 나약하네. 생각했던 것보다 쉽게 일이 진척될 것 같아."

무표정한 얼굴로 중얼거리고, 손을 다 닦고 나서 의자에 앉았다.

책상 앞에 앉아 답변을 쓰려고 하고 있자, 문을 노크하는 소리가 났다.

「……주인님, 저예요.」

두려움을 머금은 목소리를 듣고 올리비아는 대담한 미소를 띠며 대답했다.

"들어와."

"실례하겠습니다."

얼마 전까지 시건방졌던 카일이, 올리비아를 앞에 두고 긴장하면서 방에 들어왔다.

그런 카일한테 올리비아는 미소를 향했다.

"경과는 어떻게 됐어?"

"말씀하신 대로 노예 상관에 소문을 퍼뜨리고 왔습니다. 상관 주인은 의심하는 눈치였지만요."

"그걸로 충분해."

올리비아는 일이 잘 풀렸다고 기뻐했다.

카일은 올리비아가 자기한테 무슨 일을 시킨 것인지 이해조차 못 했다.

그래서, 신경 쓰였던 것이리라.

"상관 주인은 곧이듣지 않았는데, 성공할 수 있을까요? 애초에 대체 저한테 뭘 시키고 계신 거죠?"

곤혹스러워하는 카일을 앞에 두고, 올리비아는 입술에 검지를 댔다.

"모르는 게 널 위한 일이야."

◇

학원에서 졸업식이 이루어졌다.

졸업식 후의 파티는 세 학년이 합동으로 참석하기에, 나는 마리에를 데리고 닉스를 찾았다.

교복 차림의 닉스는 목덜미가 신경 쓰이는지 연신 손으로 만지

고 있었다.

설마 목줄이 없으면 진정이 되지 않는 건가? 동생의 입장으로서는 그런 것이 아니기를 기도할 뿐이다.

"형은 졸업하면 자작으로 대출세구만."

웃으면서 축복하자 닉스도 웃으며 대답했다.

"그러게. 누구 덕분에 말이지."

"그 누구에게 감사해야 하지 않을까? 남들이 보기에는 이런 샛별이 따로 없다고. 또래 중에 출세가 제일 빠른 사람이잖아?"

도로테아 형수와의 결혼이 정해지면서, 로즈블레이드 가문의 지원을 받고 독립하여 자작이 되는 미래가 결정됐다.

닉스를 보는 주위의 시선에는 질투나 선망이 뒤섞여 있었다.

본인도 그걸 아는지, 자리가 불편한 듯했다.

"덕분에 지금까지 이야기한 적도 없었던 녀석들이 빈번히 말을 걸어 오고 있다. 이런 민폐가 따로 없어."

출세한 닉스한테 빌붙으려는 녀석들이 있었나 보군.

모처럼의 입식 파티에서 마리에는 접시 한가득 요리를 담아 먹으며 대화에 끼어들었다.

"아주버님도 큰일이네요. 아! 형님한테도 잘 전해주세요. 또 놀러 오라고 하셨으니, 다음에 실례할게요."

그건 형수가 마리에에게 보인 연민이었는데, 마리에는 로즈블레이드 가문의 요리가 마음에 들었는지 또 찾아갈 작정인 모양이었다.

닉스도 안타까운 표정으로 마리에를 환영했다.

"언제든지 놀러 와."

마리에의 과거 이야기를 듣고 나서 닉스와 도로테아 형수가 상냥해진 기분이 든다.

뭐, 무리도 아니다.

나조차도 동정했을 정도니까.

나는 시선을 움직여 주위를 둘러봤다.

"어라? 마리에, 신시아랑 에리, 베티는?"

마리에는 요리를 입에 넣으며 신시아 일행이 있는 쪽을 봤다.

"저쪽에서 남자한테 둘러싸여서 시중을 받고 있어. 덕분에 오늘은 나도 자유라는 거지."

"브리타 3인조는?"

"저기. 남자들한테 에워싸여 있잖아."

신시아, 에리, 베티, 세 사람은 가난뱅이 그룹 남학생들한테 둘러싸여 있었다.

둘러싸여 있다고 할지, 보호받고 있다는 느낌?

다른 그룹 남자들이 접근하지 못하도록 하고 있었다.

"다들 즐거워 보이는구만."

친구들이 필사적으로 세 명의 여자를 지키고 있는 모습을 보며 중얼거리자, 현란과 화려라는 말이 어울리는 드레스 차림의 디어드리 선배가 크게 웃으며 다가왔다.

"오호호호! 제가 졸업하는 걸 섭섭해해도 좋답니다."

조금 으스대는 감이 있지만, 은근히 남을 잘 돌봐주는 사람이다.

"의지하는 선배가 없어진다고 생각하니 쓸쓸하네요."

"실리를 바라는 듯한 발언은 감점이랍니다. 앞으로는 자신의 힘으로 어떻게든 하도록 하세요."

디어드리 선배한테는 여러모로 도움을 받았다.

마리에도 접시를 내려놓고 감사 인사를 했다.

"디어드리 선배, 정말로 신세 많이 졌습니다! 처음에는 이상한 사람이라고 생각했는데, 꽤 좋은 사람이었네요."

마리에의 허물없는 태도를 디어드리 선배는 웃으면서 흘려 넘겼다.

"언니의 마음에 든 게 아니었더라면 이 자리에서 뺨을 후려갈겼을 거예요."

"아하하, 농담도~. 웃으면서 용서해 주실 거죠?"

"이래 보여도 저는 격정을 가슴에 품은 뜨거운 여자랍니다. 화나면 무슨 짓을 할지 모르——."

디어드리 선배가 말을 채 끝내기 전에, 회장 안에 짝! 하는 소리가 울려 퍼졌다.

술렁이는 회장 안.

떠들썩한 장소로 시선을 향하니, 거기에는 뺨을 손바닥으로 얻어맞은 안젤리카 씨의 모습이 있었다.

그리고 뺨을 후려갈긴 건—— 클라리스 선배였다.

요전에 대면했을 때와는 다르게, 미간을 잔뜩 찌푸린 귀신 같은 표정을 하고 있었다.

"너, 잘도 그런 소문을 퍼뜨렸더라? 뭐? 내가 전속 사용인을 사려고 했다고?"

안젤리카 씨가 클라리스 선배의 이상한 소문을 퍼트렸다고?

이전에는 신경 쓰지 않는 기색이었던 만큼, 표변한 모습에 나는 놀람을 감추지 못했다.

마리에도 마찬가지다.

"이전과는 딴 사람 같네."

"그러게."

눈앞의 광경이 믿기지 않았다.

그렇게나 상냥해 보였던 클라리스 선배가 어째서?

닉스도 고개를 갸웃했다.

"전속 사용인? 그 정도는 다른 여자들도 다 가지고 있는 거 아니야?"

클라리스 선배가 격노한 이유를 이해하지 못한 모양이다.

디어드리 선배는 두 여자를 차가운 시선으로 바라보았다.

"추태를 드러냈군요. 클라리스가 화내는 이유도 이해하지만요."

"예? 어디에 화낼 이유가 있었던 겁니까?"

전속 사용인은 여자라면 당연히 거느리고 다니는 것이다. 그런 소문으로 화를 내다니?

디어드리 선배는 이유 대신 다른 이야기를 해줬다.

"저와 언니도 전속 사용인은 거느리고 있지 않아요."

"그건 디어드리 선배랑 도로테아 형수가 예외인 것 아닌지?"

"안젤리카나 클라리스도 마찬가지지요."

"……듣고 보니."

대부분 고용인이 있지만, 모두가 있는 건 아니다.

마리에의 친구들은 돈이 없어서 사용인을 고용하지 않았다. 그래서 사용인이 없는 여자들은 다 그런 사정이 있는 건 줄만 알았다.

디어드리 선배를 비롯한 아가씨들이 고용하지 않는 건, 측근들이 시중을 들기 때문에 필요 없는 건 줄 알았다.

디어드리 선배가 아연해하고 있는 안젤리카 씨를 보고 차갑게 내뱉었다.

"저 모습을 보니 화해는 어려울 것 같네. 저는 졸업이고, 다른 누군가가 중재하러 끼어드는 것도 어려울 테니 이대로 싸우고 헤어지게 되겠어요."

두 사람의 관계 개선을 포기한 디어드리 선배한테 마리에가 도움을 요청했다.

"디어드리 선배라면 해결할 수 있을 것 같은데요?"

"물론이에요. 하지만 당장은 어렵답니다."

졸업하는 디어드리 선배는 중재할 시간이 없다. 관여해 봤자 헛수고라고 생각하는 듯했다.

나는 엄청나게 험악한 기색으로 안젤리카 씨를 몰아세우고 있는 클라리스 선배를 봤다.

이전에 대면했을 때, 그녀는 안젤리카 씨가 소문을 퍼뜨리고 있다고는 생각하지 않았다.

소문도 귀담아듣지 않았다. 그저 주의를 주는 정도로 끝낼 것처럼 이야기했었다.

그런데 이건 마치 전혀 다른 사람이지 않은가.

게다가 안젤리카 씨의 반응도 마음에 걸린다.

그 여성향 게임에서 안젤리카 씨는 순간 급탕기라는 말까지 들을 정도로 격노하기 쉬운 성격이었다.

클라리스 선배한테 뺨을 맞은 순간, 똑같이 뺨을 때렸어야 할 사람이다.

그러나 안젤리카 씨는 자신을 몰아세우는 클라리스 선배를 앞에 두고도 고개를 숙인 채 가만히 서 있을 뿐이었다.

마리에가 내 소매를 붙잡고 잡아당겼다.

"리온, 주위를 봐."

"왜?"

"일단 봐!"

마리에한테 재촉받아 주위로 시선을 향하니, 학생들이 어느새 두 패로 나누어 서로 노려보고 있었다.

마치 학생들이 양분된 듯한 광경에, 디어드리 선배의 입꼬리가 올라갔다.

그녀는 입가를 애용하는 부채로 가리며 말했다.

"이제부터 어지러워질 것 같네요. 당신들도 조심하세요. 어설프게 손을 댔다간 불에 델 거예요."

그 여성향 게임에서 이런 이벤트는 일어나지 않았다.

나와 마리에가 곤혹스러워하는 틈에, 두 사람 사이에 끼어드는 인물이 있었다.

——질크였다.

"그만하시지요. 모처럼의 파티가 엉망이지 않습니까."

질크의 등장에 클라리스 선배가 동요했다.

"아니야, 질크! 나는 전속 사용인 따위 원하지 않아!"

필사적으로 호소하는 클라리스 선배한테, 질크는 냉엄한 표정을 향하고 있었다.

"지금은 그런 이야기를 하는 게 아닙니다. 이 자리에서 싸우는 건 그만두십시오."

"중요한 이야기야!"

클라리스 선배는 당황해서 질크를 붙잡았다.

사용인 하나로 이렇게까지 하다니, 내게는 과잉 반응처럼 느껴졌다.

나는 마리에한테만 들리도록 작은 목소리로 말을 걸었다.

"생각했던 것 이상으로 전속 사용인 이야기는 어둠이 깊어 보이는데?"

"확실히 뭔가 숨기는 느낌이 있네. 조사할 거야?"

"아니, 사용인보다는 클라리스 선배의 반응이 신경 쓰여. 이야기를 한 번 더 해봐야 할 거 같은데…… 내일 출발이랬나?"

질크와 같이 여행을 간다며 즐거운 듯이 말하고 있던 모습을 생각하면, 우리와 이야기를 할 시간이 생기는 건 그 이후려나?

"그러면 출발 전에 배웅 삼아서 항구에 들이닥치는 건 어때?"

"너무 억지스럽지 않냐? 그렇게 친한 사이도 아니잖아?"

"그러면 이런 분위기로 2주를 그냥 지내겠다고? 나는 싫어."

나는 결국 마리에의 계획대로 하기로 했다.

"내가 너처럼 뻔뻔하게 행동할 수 있을지 걱정이다. 나는 소극적이고 섬세한 성격이라고."

"지금 시비 걸어?"

마리에가 주먹을 쥐며 자세를 취했기에 나는 고개를 돌렸다.

"제가 까불었습니다, 죄송합니다."

◇

안젤리카와 클라리스의 소동이 일어났을 무렵, 율리우스 일행은 파티 회장 밖에 있었다.

"질크 씨를 두고 와도 괜찮은 걸까요?"

두 사람의 중재를 자청하고 나선 질크를 걱정하는 올리비아한테, 그렉이 말했다.

"클라리스랑 질크는 약혼할 만큼 옛날부터 알고 지낸 사이라 사이가 좋아. 어떻게든 되겠지."

크리스는 클라리스보다도 회장의 분위기를 더 신경 썼다. 올리비아를 밖으로 데리고 나온 것도 이변을 알아차렸기 때문이었다.

안전을 위해 올리비아를 밖으로 데리고 나온 후, 질크가 소동을 수습하고자 회장으로 돌아갔다.

던전 내 살인 미수 사건 이후로 그들은 올리비아를 과보호하고 있었다.

"회장 분위기가 계속 이상했다. 묘한 긴장감이 있었어."

학생들이 양분된 것을 크리스 나름대로 느끼고 있었다.

브래드는 회장 안의 분위기에 관해 짐작을 내놓았다.

"영주 귀족 출신이랑 궁정 귀족 출신으로 갈라졌어. 묘한 소문이 퍼진 탓에 골이 깊어진 거 아니야?"

남의 일처럼 말하는 브래드에게 크리스가 쓴소리를 건넸다.

"큰 문제 아닌가. 좀 더 진지하게 생각하는 게 어때?"

"이런 문제에 얽히면 성가시다고. 학원 안에서 이상한 파벌 싸움에 휘말리기 십상이다. 크리스, 너도 조심해."

올리비아는 난처한 듯한 표정을 지었다.

"저기…… 귀족님 사이에서 대립이 있는 건가요? 사이좋게 지내는 편이 좋지 않을까요?"

올리비아의 말에 브래드가 웃었다. 단락한 대답에 순수함을 느끼고 마음이 편해진 모양이다.

"올리비아다운 답이네. 나도 그게 좋다고 생각하지만, 세상은 여러 가지로 복잡한 거야. 뭐, 일시적인 충돌 아닐까? 머잖아 진정되겠지."

그렉이 배를 손으로 문지르며 말했다.

"소동이 가라앉으면 안으로 돌아가자. 배고프다."

그렉의 말에 크리스가 어처구니없어했고, 브래드가 웃었다.

다만, 율리우스는 반응이 달랐다.

"궁정 귀족이니, 영주 귀족이니 하고 이유를 붙여서는 서로 싸우는 꼴이라니…… 정말로 지긋지긋하군."

혼자서 어두운 분위기를 내뿜고 있는 율리우스의 손을 올리비아가 잡았다.

"율리우스는 성실하고 상냥하네요."

"내가? 아니, 나는 귀족끼리의 무의미한 싸움이 싫은 것뿐이다."

"다툼을 피하는 건 상냥함이라고 생각해요. 게다가 이 나라의 미래를 진지하게 생각하고 있는 거죠? 그렇다면 율리우스는 성실하고 상냥한 사람이에요."

올리비아는 미소를 띠며 율리우스를 올려다봤다.

율리우스는 올리비아한테 잡힌 손을 바라봤다.

"너한테 그런 말을 듣는 건 기쁘구나. 내 생각을 부정할 줄 알았다."

"저는 율리우스의 생각을 부정하지 않아요. 왜냐면, 무척 멋진 생각이니까요."

"……고맙다, 올리비아."

율리우스가 미소를 띠자, 올리비아는 마음속으로 매도의 말을 퍼부었다.

'하…… 너 같은 놈을 보고 있으면 구역질이 나와.'

올리비아는 쑥스러워하는 척하며 고개를 숙여, 감정을 감추었다.

'지금 당장이라도 죽이고 싶다. 하지만, 참아야 한다. 이 녀석들을 비롯해 왕국에 반드시 지옥을 보여주마. 그때를 위해, 지금은 기꺼이 광대로 있겠다.'

제10화 「배 여행 전에」

졸업식 다음 날.

안젤리카는 자기 방에서 클라리스한테 맞은 뺨을 손으로 누르고 있었다.

대단한 상처는 아니라는 이유로 치료를 거부했기에 아직 조금 아팠다.

다만, 지금만큼은 이 아픔이 고마웠다.

벌을 받았다는 자각을 원했기 때문이다.

"클라리스한테 미안한 짓을 했군. 머잖아 정식으로 사과해야겠지."

1학년 중 누군가가 클라리스에 관한 소문을 퍼뜨렸다.

——클라리스가 전속 사용인을 고용하려 하고 있다.

만약 자신도 같은 소문이 퍼졌다면 격분하여 파티 회장에서 소란을 피웠을 거다.

이번 일은 자신이 1학년을 완벽하게 통솔하지 못한 결과이기에, 클라리스에게 미안했다.

안젤리카가 창문 앞에 서서 머나먼 하늘을 바라봤다.

"지금쯤은 질크와 배 여행에 나섰을 즈음인가?"

돌아올 때쯤에는 진정하고 사과를 받아들여 줄까?

그런 생각을 하고 있자 문을 노크하는 소리가 났다.

입실을 허가하니, 측근 여자들이 들어왔다.

"안젤리카 님, 소문의 출처를 알아냈습니다."

보고하러 온 측근한테 안젤리카는 작게 중얼거렸다.

"누구지?"

패기가 없는 안젤리카와 다르게, 측근 여자들은 분노로 떨고 있었다.

"학원에 소문을 낸 건 영주 귀족 출신 여자였습니다. 다만, 그녀가 소문을 만든 게 아니라, 자기도 전속 사용인을 사러 상관에 출입했을 때 들은 이야기라고 합니다. 귀족 여성이 전속 사용인을 구하고 있다고요."

클라리스라고 정확하게 밝혀진 게 아니라, 어느 귀족의 특징이 클라리스와 비슷했다는 이야기였다.

자연스럽게 안젤리카의 눈살이 찌푸려졌다.

"뭐라고?"

측근 여자 중 한 명이 살짝 거칠어진 목소리로 말했다.

"어쩌면 소문이 사실일지도 모릅니다. 궁정 귀족 여자들의 추한 본성인 거겠지요. 사용인을 들인 것을 들키는 게 두려워, 도리어 격분해서 논란을 덮으려고 한 게 틀림없습니다."

안젤리카의 측근들은 클라리스가 뻔뻔하게 굴었다고 추측한 모양이었다.

이들은 전부 영지 귀족파다. 궁정 귀족 출신인 클라리스가 그리 달갑지 않은 것이다.

심지어 이제는 적개심마저 느끼고 있었다.

안젤리카는 위기감을 느끼고 측근들에게 엄하게 말해 훈계했다.

"결국은 문제를 일으킨 게 영주 귀족파 학생인 건 변함이 없다. 그리고 애초에 그 소문 속의 인물이 정말 클라리스라는 증거는 있나?"

측근들은 모두 입을 다물었다.

안젤리카는 말했다.

"경솔한 행동은 하지 마라. 클라리스가 돌아오면 직접 사과할 터이니. 너희도 궁정 귀족과 무턱대고 대립하지 말도록."

안젤리카는 그렇게만 말하고는 측근들을 방에서 내보냈다.

◇

방에서 나온 안젤리카의 측근 하나가 분을 토해냈다.

"젠장! 필사적으로 뛰어다녀서 정보를 모아왔더니만!"

"말조심해. 확실한 증거가 없는 건 사실이잖아. 내가 봐도 클라리스를 몰아넣기에는 부족한 이야기였어."

이 셋은 클라리스보다 안젤리카의 반응이 더 신경 쓰였다.

"최근 안젤리카 님이 너무 패기가 없는 것 같아. 이러다 클라리스 앞에서도 저자세로 나가시는 거 아닌지 몰라. 궁정 귀족 녀석들한테 고개를 숙이다니, 난 죽어도 싫어."

다른 측근이 동의했다.

"그 녀석들, 전부터 마음에 안 들었어. 뭘 하든 자기들은 도회지 사람들이라고 우리를 깔봐 대잖아."

원래도 대립하던 관계였지만, 이렇게 마찰을 겪게 된 건 이번이 처음이었다.

셋 중 가장 침착했던 측근이 최근 학원의 분위기에 의문을 던졌다.

"요즘 학원 내 분위기 흐름이 이상해. 클라리스 건도 그렇고, 어쩐지 우리가 걔들한테 자꾸 시비 거는 모양새가 나오고 있잖아?"

"뭐? 무슨 소리야, 걔들이 나쁜 거잖아."

"진정해. 지금 상황만 보면 우리 쪽에서 악의적으로 클라리스의 소문을 흘린 게 돼. 쟤들이 먼저 시비를 걸었으면 모를까, 우리가 먼저 시비 건 게 되면 곤란하다고."

먼저 싸움을 걸었다고 하면, 나중에 시시비비를 가릴 때 문제가 생길 수 있다.

그러자 화를 내던 측근이 조금 분노를 가라앉혔다.

"그럼 어떻게 할 건데."

"이번에는 어쩔 수 없지. 사과하는 수밖에."

"쟤들한테 사과한다고? 그걸 어떻게 납득해? 애초에 안젤리카 님에게 사과하라고 어떻게 말하라는 거야! 우리 입지가 모조리 날아갈 거라고."

"당연히 그걸로 끝나면 안 되지. 당한 만큼 갚아주는 게 귀족이잖아? 언젠가 반드시 보복해야지. 반드시."

조금 전까지 침착했던 측근이 핏발 선 눈으로 그렇게 말하자 다른 측근들은 입을 다물었다.

◇

애틀리 가문이 보유한 비행선이 왕도 항구에 와 있었다.

귀인을 태우기 위해 설계된 호화로운 비행선답게, 선수에 커다란 책을 품은 아름다운 여성의 동상이 장식이 있었다.

연녹색으로 칠해진 선체가 햇빛을 반사하며 빛났다.

"배웅하러 왔습니다~."

"왔습니다~."

나와 마리에가 쾌활하게 비행선에 다가가자, 짐을 옮기고 있던 3학년 단 선배가 민폐라는 듯한 표정을 지었다.

"뭘 하러 온 거지?"

"그야 당연히 배웅하러 왔죠."

내가 실실 웃으며 그렇게 말하자 단 선배가 의심의 눈길을 보냈다.

"면식만 있는 사이인데 굳이?"

선배는 그렇게 말하면서도 억지로 우릴 쫓아내지는 않았다.

단 선배는 보통 클래스 3학년으로, 집안도 귀족이 아닌 기사 가문이다. 상급 클래스에 있는 학생을 상대로 안이하게 선배 행세를 할 수가 없다.

상급생 신분만으로는 뛰어넘을 수 없는 권력의 차이가 있는 것이다.

나는 클라리스 선배를 시선으로 찾았다.

"면식이 있으니까 왔죠. 클라리스 선배는 어디입니까? 어제 건으로 조금 이야기를 듣고 싶은데."

내가 그렇게 말하자, 단 선배는 명백히 기분이 언짢아졌다.

"이야기할 건 아무것도 없다. 애초에 아가씨가 전속 사용인을 고용하려 한다는 소문을 퍼뜨린 건 영주 귀족 출신 녀석들이니까. 놈들이 품위 없는 건 하루 이틀 일도 아니지. 어이쿠, 너희를 두고 한 이야기는 아니야. 정 이야기를 듣고 싶으면 그들한테 찾아가."

단 선배도 영주 귀족이 마음에 들지 않는 모양이었다.

우리가 곤란해하던 차에 비행선과 항구를 연결하는 트랩에서 클라리스 선배가 내려왔다.

"잠깐이라면 괜찮아."

단 선배가 뒤돌아봤다.

"아가씨?!"

"어제 내가 소란을 피운 탓이기도 하고, 우연히 질크도 늦어진다고 하니까. 기다리는 동안 대화 상대가 되어 준다면야."

질크가 늦어진다는 말을 듣고 마리에가 이상하게 여기는 듯했다.

"시간에 엄격한 질크가 지각이라니?"

그 여성향 게임을 플레이했던 마리에가 봤을 때, 질크에게 지각은 있을 수 없다. 이건 나도 같은 의견이다.

마리에의 말에 클라리스 선배의 표정이 흐려졌다.

"질크에 대해 자세히 안다는 듯한 말투구나?"

마리에는 잠깐이나마 질크한테 접근했던 게 켕기는지 식은땀을 흘렸다.

어쩌면 클라리스 선배도 그 일을 알고 있을지 모른다.

"아뇨. 그게 말이죠. 저기……"

마리에가 침묵했기에, 대신 내가 얼버무렸다.

"수업을 종종 같이 듣거든요. 수업 태도가 성실한 편이고, 지각하는 이미지는 아니다 보니."

"그래. 확실히 드문 일이지. 어쩌면 율리우스 전하와 무슨 일이 있는 건지도 모르겠네."

클라리스 선배가 납득하자 마리에가 안도하여 가슴을 쓸어내렸다.

만약 마리에가 귀공자들을 농락했다면 분명 클라리스 선배와도 대립했겠지.

파티 회장에서의 격분한 모습을 생각하면, 적으로 돌리지 않길 잘했다고 생각한다.

뭐, 애초에 마리에가 그 다섯 명을 농락하는 건 말도 안 되는 이야기지만.

클라리스 선배는 우리를 선내로 권했다.

"안에서 이야기하자. 올라와."

◇

선내 응접실에 도착하자, 클라리스 선배가 차를 내주었다.

갑작스럽게 찾아와 민감한 질문을 하는 우리 모습에 어처구니 없는 듯했지만, 그래도 대답해 주었다.

"설마 그걸 직접 물어보러 올 줄은 생각도 못 했어. 너희, 디어드리 선배한테 물든 거 아니야?"

"그럴지도요. 근데 도저히 모른척할 수가 없더라고요. 이전에는 웃으면서 소문을 흘려 들으셨는데, 그날 갑자기 그런 일을 하시니까. ——대체 뭐가 그렇게 화나게 했을까 해서요."

단도직입적으로 질문하자 클라리스 선배는 작게 한숨을 내쉬었다.

우리한테서 시선을 피하면서 대답해 주었다.

"나도 인내심이 무한하지는 않아. 그리고 최근 학원은 양측의 골이 점점 깊어지고 있는데, 안젤리카가 해결을 위해 움직이는 모습을 보이지 않으니 화가 났어. 이 대답이면 만족해?"

전속 사용인에 관해서는 대답하지 않자, 마리에가 대놓고 질문했다.

"전속 사용인 건으로 화내고 계셨던 것처럼 보였는데요?"

클라리스 선배는 컵을 손에 들고 차를 한 모금 마신 뒤 말했다.

"내게는 날 따르는 우수한 사람이 많으니까, 전속 사용인은 필요 없어."

클라리스 선배한테서 우수하다는 말을 듣고 뒤에서 대기하며 급사하던 단 선배가 감격하여 울 것 같은 표정을 지었다.

역시 클라리스 선배는 휘하 사람들에게 흠모받고 있다.

이런 성격인데, 그토록 격분하게 만든 일이 대체 뭘까. 이유가 신경 쓰여서 견딜 수가 없다.

내가 입을 열려고 하자 클라리스 선배가 방에 있던 시계에 시선을 향했다.

"생각보다 질크가 많이 늦네. 마중을 보내는 편이 좋으려나."

우리가 오고 나서 수십 분이 지났다.

클라리스 선배가 슬슬 걱정하기 시작했다.

단 선배가 재빠르게 반응했다.

"저희가 기숙사와 본가에 찾아가 보겠습니다. 에어바이크를 타고 가면 금방일 겁니다."

단 선배의 제안에 클라리스 선배가 미소 지었다.

"고마워. 조심히 다녀와."

"맡겨 주십시오!"

단 선배가 방에서 뛰쳐나가자, 마리에는 그 모습을 보고 중얼거렸다.

"남자들은 정말 단순하다니까."

그러자 클라리스 선배가 쿡쿡 웃었다.

"그게 귀여운 거지."

이 대화를 듣는 남자인 나는 어떻게 해야 하는 걸까?

잠자코 있는 편이 좋을 것 같아서, 나는 차를 마시며 조용히 기다렸다.

◇

응접실은 시곗바늘이 움직이는 소리가 들릴 만큼 고요했다.

단 선배가 질크를 마중하러 나간 지 벌써 두 시간이 훌쩍 지났다.

덕분에 선배만 놔두고 일어나기 뭣했던 나도 덩달아 하염없이 기다리는 신세가 되고 말았다.

어느덧 점심 무렵. 응접실의 정적을 깨고 마리에의 배에서 성대한 소리가 울려 퍼졌다.

그르르르! 마치 맹수가 으르렁거리는 소리 같았다.

나와 클라리스 선배의 시선이 자연스럽게 마리에에게 향했다.

마리에는 얼굴이 새빨개져서는 당장이라도 울 것만 같았다.

"……죄송합니다."

범인이 자백했다.

마리에를 불쌍하게 생각했는지 클라리스 선배가 쓴웃음을 지으며 자리에서 일어섰다.

"식사를 준비할게."

마리에의 배곯는 소리로 어색한 분위기에서 잠시 해방되었지만,

211

질크가 오지 않는 한 아무런 해결도 되지 않는다.

클라리스 선배가 자리를 비운 틈을 이용해 나는 마리에와 눈빛을 교환했다.

마리에도 내가 무슨 말을 하고 싶은 건지 눈치챈 듯했다.

"이만큼 호화로운 비행선이니, 식사도 대단하겠지?!"

──착각이었다. 내 뜻은 조금도 전해지지 않았다.

이미 마리에의 머릿속은 점심 메뉴로 가득한 모양이었다.

"지금 그게 중요하냐? 질크 놈이 이토록 늦다니, 뭔가 이상하다고. 혹시 무슨 사건에 말려든 거 아냐?"

사건이나 사고에 말려들어 오고 싶어도 오지 못하는 상황인 것 아닐까?

그때 기다리던 단 선배가 응접실로 뛰어 들어왔다.

"아가씨!"

어쩐지 허둥대는 단 선배.

마리에가 클라리스 선배의 부재를 전했다.

"조금 전에 점심을 준비하겠다면서 방에서 나갔어요. 그런데 질크는요?"

단 선배는 숨을 헐떡이면서 고함치듯 거칠게 내뱉었다.

"젠장. 그 자식, 아가씨와의 약속을 파투 냈다! 또 그 특대생 때문에!"

아무래도 올리비아 양은 질크와의 루트를 포기하지 않았나 보다.

──아니, 근데 질크 녀석, 안 올 거라면 안 온다고 말이라도 하라고.

단 선배가 우리한테 머리를 숙였다.

"미안하지만 오늘은 이만 돌아가 줘. 이건 내부인의 이야기야. 남에게 들려줄 게 아니다."

"괜찮아요, 선배?"

머리를 숙인 단 선배가 주먹을 강하게 쥐었다. 힘을 너무 주는 바람에 부들부들 떨릴 지경이었다.

질크한테 강한 분노를 느꼈는지 표정이 험악했다.

실제로 격노한 것이리라.

"아가씨를 무시한 것도 모자라, 하필 그 이유가 다른 여자라니, 나는 도무지 놈을 용서할 수가 없다. 아가씨가 얼마나 오늘을 기대하고 있었는지 알아?"

분노로 목소리가 커지는 단 선배였으나, 방의 문이 열리자 뒤돌아봤다.

거기에는 가벼운 식사를 들고 온 클라리스 선배가 서 있었다.

무척 슬퍼 보이는 표정을 짓고 있었다.

"그래…… 질크는 올 생각이 없구나."

단 선배가 클라리스 선배한테 다가갔다.

"아가씨, 말씀만 하시죠. 지금 당장 그 녀석한테 따끔한 맛을 보여주겠습니다. 그렇게 하면 질크 녀석도──."

이미 습격할 준비까지 끝내놓은 듯한 말투였다.

클라리스 선배의 측근들은 강한 남학생이 많다. 그들이 무장하여 습격하면, 질크 혼자서는 상대하기 힘들지 않을까?

클라리스 선배의 눈에는 눈물이 고여 있었다.

"그럴 필요 없어. 너희들도 바보 같은 짓은 하지 마. ……이번 여행은 취소해야겠어. 이런 기분으로는 즐길 수 없으니까."

클라리스 선배가 식사를 테이블에 내려놓더니, 눈물을 뚝뚝 흘리며 도망치듯 방에서 나갔다.

"아가씨!"

단 선배가 그 뒷모습을 쫓아갔기에 응접실에는 또다시 우리만 남았다.

마리에가 말했다.

"어떻게 할 거야? 이대로 두면 자칫 질크가 크게 다칠 거 같은데."

왕태자 전하의 젖형제를 습격했다가는 중대사건이다.

클라리스 선배를 비롯해 측근들이 어떤 역풍을 맞을지 알 수 없다.

"이번에야말로 루크시온을 불러야겠다. 그냥 놔두면 큰일 나겠어."

제11화 「가면의 기사」

밤의 왕도를 높은 건물 옥상에서 내려다보았다.

오늘의 나는 후드가 달린 검은 코트를 걸쳤다.

전부 루크시온이 준비한 장비다.

곁에 있는 루크시온이 인공지능답지 않은 언짢은 전자 음성으로 불평했다.

『저는 바쁘다고 몇 번이나 전하지 않았습니까?』

"진짜 긴급사태라고. 늦기 전에 힘을 빌려줘."

『제가 보기에는 그다지 긴급한 안건 같지는 않군요. 그리고 제가 여기 있는 시점에서 이미 힘을 빌려드리고 있는 겁니다. 나참, 조금만 더 있으면 소재가 판명될 참이었는데…….』

오늘의 루크시온은 평소보다 군소리가 많았다.

우리의 사정은 몹시 사소한 일이라고 생각하는 모양이었다. 나는 루크시온의 태도에 화가 났다.

"어차피 사념체는 도망칠 수도 없는 상황이잖아? 조금 늦어진다고 지장이 생기진 않을 텐데?"

『만사에는 우선순위가 있는 법입니다.』

"우리도 이 일이 해결되지 않으면 안심하고 본가로 돌아갈 수 없다고. 됐으니까 얌전히 협력해."

『마스터가 관여할 필요가 없는 안건입니다. 클라리스의 측근들이 폭주한다 해도, 마스터와 마리에한테는 아무런 영향도 없습니다.』

"아는 사람이 잘못된 길로 나아간다면 방해하는 게 인정이라는 거야."

『제가 보기에는 너무나도 사소한 문제입니다. 마스터와 마리에는 좀 더 거시적인 사고를 해야 합니다. 작은 일에 집중하니 대국을 놓치는 겁니다.』

루크시온이 대화를 중단하더니, 빨간 렌즈를 점멸시켰다.

내 눈앞에 올리비아 양 일행의 모습을 투영했다.

왕도에서 쇼핑을 즐기고 돌아오는 길인가?

올리비아 양과 율리우스, 질크 세 사람이 짐을 잔뜩 들고 즐거운 듯이 대화하고 있었다.

루크시온이 다각도에서 촬영한 영상을 한꺼번에 투영했다.

영상에는 올리비아 양 일행을 노리는 무기를 소지한 수상한 녀석들의 모습이 있었다. 내가 봐도 통제가 잘 잡힌 집단으로 보였다.

"정말로 습격할 생각인가? 선배가 바보 같은 짓 하지 말라고 했는데."

단 선배를 비롯한 측근들은 참을 수 없었던 모양이다.

내가 그들을 막을 방법을 생각하고 있자, 루크시온이 의외의 보고를 했다.

『아무래도 마스터의 지인은 분별이 있는 모양이군요.』

"뭔 소리야?"

『클라리스와 측근들의 현재 위치를 확인했습니다. 그들은 지금 다른 곳에 있습니다.』

루크시온이 또 다른 영상을 보여줬다. 술집에서 분을 삭이는 단 선배 일행의 모습이었다.

「질크 놈, 언젠가 쳐 죽여 주겠어!」

「감히 아가씨를 배신하다니!」

「그 자식의 곱상한 얼굴을 너덜너덜하게 만들어 주마!」

취기에 과격한 발언이 좀 나왔지만, 물건에 마구 화풀이하지는 않는 걸 보면 이성은 남아 있는 모양이었다.

다른 손님들에게는 민폐겠지만, 나에게는 다행이었다.

"술을 마시고 울분을 푸는 수준이면 건전하군."

『말이 조금 흉흉하지만요.』

"그걸로 스트레스가 발산된다면 싸게 치는 거지. ——그러면 저 녀석들은 정체가 뭐냐?"

지금 올리비아 양 일행을 노리는 수상한 녀석들은 누구지?

『불명입니다. 귀인을 노린 도적일 가능성도 있습니다만, 갖춰진 장비에 집단 전투에 익숙한 움직임. 제법 훈련을 쌓아 온 것처럼 보이는군요.』

"목적은 율리우스 전하 일행인가."

『그럴 가능성이 큽니다. ——어떻게 하시겠습니까?』

"당연히 구해야지."

이 건에도 관여할 거라고 말하는 나한테 루크시온은 회의적이었다.

『마스터는 방침을 쉽게 휙휙 변경하는군요.』

"유연하다고 말해."

『마치 풍향계로군요. 얽히지 않겠다고 정했으면 그 방침을 관철해야 합니다.』

"왜 오늘은 막는 거냐? 마리에 때는——."

『마스터가 마리에를 구하기 위해 방침을 변경할 때는 고민하고 있었습니다. 그래도 구하고 싶다고 부탁했기에 저도 순순히 협력한 겁니다.』

나는 처음에 그 여성향 게임의 시나리오에 관여할 생각이 없었다.

관여하는 듯한 행동을 한 건 마리에를 구하기 위해서다.

루크시온도 그건 이해한 듯하지만, 지금의 내가 부주의하게 눈앞에서 곤란해하고 있는 사람을 구하는 건 잘못되었다고 지적했다.

『그 여성향 게임의 시나리오에 관여하지 않겠다고 정한 건 마스터입니다.』

"그건⋯⋯."

어금니를 꽉 깨물고 주먹을 꾹 쥐었다.

영상 속에서는 골목길을 빠져나오려고 한 올리비아 양 일행이 갑자기 나타난 습격자들한테 둘러싸여 버린 상태였다.

겁먹은 올리비아 양을 지키고자 율리우스 전하와 질크가 감싸는 것처럼 앞뒤에 섰다.

질크가 호신용 권총을 들고 있을 뿐이고, 율리우스 전하는 맨손이다.

마법을 사용하여 싸우려 하고 있지만, 습격자들은 움츠러든 기색을 보이지 않았다.

습격자들은 틀림없는 숙련자였다.

"미안하다. 역시 구하고 싶어. 너도 힘을 빌려줘."

내가 자신의 감정에 솔직해져서 선택하자, 루크시온은 어처구니없어했다.

『정말로 구제 불능이군요.』

"나도 내가 바보라는 건 알고 있어."

『이제부터 본격적으로 시나리오에 관여할 생각입니까?』

"아니, 그렇게까지는 하지 않을 거야. 그걸 위해서 이 녀석을 가지고 왔지."

나는 품에서 어떤 물건을 꺼냈다.

◇

골목길에 들어간 상황에 습격당한 율리우스 일행은 적한테 둘러싸여 고전을 면치 못하고 있었다.

"질크, 이 녀석들은 만만치 않다."

"알고 있습니다!"

권총을 든 질크가 발포하자 탄환은 습격자의 어깨에 명중했지만 튕겨 나오고 말았다.

로브 아래에 방어구도 착실하게 껴입은 듯했다.

질크는 잔탄을 확인하고 식은땀을 흘렸다.

"좋지 못한 상황이군요. 도움이 와준다면 좋겠습니다만."

두 사람이 습격자들한테 응전하고 있자, 보호받고 있는 올리비아가 울 것 같은 얼굴이 되어 말했다.

"죄송해요……. 제가 지름길로 가고 싶다고 말하지 않았다면, 이런 일에 휘말리지 않았을 텐데."

좁은 골목길로 지나가자고 말한 건 올리비아였다.

율리우스가 올리비아한테 웃어 보였다.

"이만한 실력자다. 길을 바꾼다 한들, 다른 장소에서 습격당했겠지."

"율리우스……."

율리우스와 올리비아의 대화를 듣고 습격자 중 한 명이 낄낄 웃기 시작했다.

"이런 상황에서 러브 로맨스라니, 이게 왕자님이란 건가? 하지만 현실은 이야기처럼 유리하게 굴러가지 않지."

습격자들이 무기를 들자, 율리우스와 질크는 각오를 굳혔다.

율리우스는 마음속으로 올리비아의 몸을 걱정하고 있었다.

'하다못해 몇 명은 쓰러뜨려서 올리비아가 도망칠 길을 확보하고 싶다만…… 이만한 실력자한테 둘러싸이면 성공할 가망은 거의 없군.'

습격자는 9명이었다.

앞뒤의 길은 막혀서 도망칠 길은 없었고, 자신은 맨손이다.

'하지만 올리비아 앞에서 창피한 짓을 할 수는 없다!'

율리우스가 오른손으로 마법을 발사하려는 순간, 하늘에서 누군가가 사뿐히 내려섰다.

착지와 동시에 습격자 둘이 털썩, 지면에 쓰러졌다.

잘 보니 한 명은 살아 있는 모양이다.

새로운 습격자들의 등장에 율리우스 일행을 노리고 있던 남자들도 곤혹스러워했다.

"누구냐?"

검이 겨누어진 '사뿐히 내려선 난입자들'은 두 사람 동시에 대답했다.

"이름을 댈 만한 자는 아니지만, 악행을 묵과할 정도로 달관하지도 않았기에 도우러 왔다."

"나를 부를 때는 '가면의 기사'라고 부르도록 해라. 뭐 그래도, 너희들한테 다음은 없겠지만 말이지. 왕도에서 악행을 저지르는 악한들이여, 내 검의 제물로 삼아 주마!"

한 사람은 검고 수수한 의상을 입고, 눈가를 검은 가면으로 가린 남자였다.

휘어진 모양의 외날 검을 들고 있으며, 말투는 무뚝뚝했다.

그리고 또 한 사람은 대조적으로 하얀색을 기조로 한 화려한 의상으로 몸을 감싸고 있다.

가면에는 금장식이 많고, 언동도 연극처럼 호들갑스러웠다.

대조적인 모습의 가면인들이 습격자들한테 덤벼들었다.

도와주는 걸로 보아 둘 다 적은 아닌듯 했지만, 그렇다고 둘이 아는 사이도 아닌듯했다.

둘은 서로를 인식하고는 멈칫하더니, 서로 손가락질을 했다.

"넌 또 누구야?!"

"너야말로 누구냐?!"

긴장감에 감싸여 있던 분위기가 한순간 풀리고 말았다.

하지만 습격자들은 예상 밖의 사태에도 노련했다.

"둘 다 한꺼번에 처리해라."

습격자들이 검은 가면을 공격했으나, 몸에 걸치고 있는 장비 덕분에 상처 하나 나지 않았다.

"미안하지만 이 녀석은 특주품이다. 너희한테 승산은 없어."

공격이 통하지 않는다고 판단한 습격자들이 거리를 벌렸지만, 검은 가면은 곧장 따라 붙어 주먹을 휘둘렀다.

그러자 주먹에서 전격이 발생했고, 상대는 부르르 떨며 바닥을 나뒹굴었다.

하얀 가면은 화려한 검기로 습격자들의 공격을 쳐내고 있었다.

"흐하하핫! 이 가면의 기사를 이기려 하다니 백 년…… 아니,

천 년 이르다! 내 검기 앞에서 춤추도록 해라!"

소리 높여 외치며 화려하게 싸우는 하얀 가면을 보고, 율리우스는 전율했다.

'설마 이 사람은?!'

◇

올리비아는 혼란스러워하고 있었다.

'내 계획에 방해꾼이 나오는 사태쯤이야 예상했다. 하지만 이 녀석들은 대체 뭐지? 어디서 튀어나온 놈들이냔 말이다?!'

가면을 쓴 놈들이 난입하는 바람에 습격 계획이 실패로 끝나고 말았다.

가면 놈들은 강자였다.

검은 가면은 장비의 성능과 몸놀림으로, 하얀가면은 검 실력으로 상대를 쓰러트렸다.

무시하기에는 양쪽 다 성가신 존재였다.

'저런 바보 같은 놈들이 내 계획을 방해하다니!'

그녀가 동요하자, 빈틈을 노리듯 몸의 주도권 싸움이 시작됐다.

'설마, 아직 저항할 생각이냐—— 올리비아!!'

마음속 깊은 곳에 가두어 둔 올리비아가 저항하고 있다.

계획이 실패한 것도 모자라 올리비아의 저항까지 일어나자, 마음이 흐트러진 사념체는 그 자리에 웅크렸다.

'이런 데서 방해받을 수는 없다! 나는—— 내가! 반드시 복수를 이뤄야 한단 말이다!'

◇

올리비아 양 일행을 구하기 위해 난입했더니, 설마 했던 인물과 캐릭터가 겹치고 말았다.

가면의 기사.

그 여성향 게임에서 가끔 주인공을 도와주는 캐릭터인데, 마지막까지 누구인지 정체를 드러내지 않은 채 게임이 끝난다.

화려한 차림새에 이상한 가면을 쓴 녀석이지만, 의외로 강하다.

그런데 그 인물을 실제로 보니 이상한 느낌이었다.

우리는 습격자들과 분투했지만, 상대의 수가 많아서 점점 몰리고 있었다.

어느샌가 나와 가면의 기사는 등을 맞대고 싸우는 처지가 됐다.

"너, 누군지는 몰라도 도우러 올 거면 얼른 오란 말이다! 덕분에 나까지 싸우는 처지가 됐잖냐!"

좀 더 빨리 도우러 왔더라면 내가 관여할 필요는 없었다.

그러자 흰 가면의 기사가 반박했다.

"너야말로 분위기 파악해라! 너랑 등장이 겹친 탓에 동료라고 오해받지 않았더냐! 너 같은 센스 없는 녀석과 같은 취급이라니, 유감이다!"

자기 센스도 이상하건만, 수수하고 눈에 띄지 않기 위해 준비한 내 차림새를 비난했다.

나, 이 자식 싫어.

"마치 자기는 센스 있다는 말투구만. 거울을 본 적이 없냐? 그게 아니면 눈이 나쁜 건가? 의사와 상담하라고."

습격자와 싸우면서 그렇게 말했더니 가면의 기사도 맞받아쳤다.

"너야말로 그런 차림으로 도우러 오는 발상을 이해할 수 없군. 누가 봐도 습격자의 차림이지 않느냐. 도우러 왔다가 도운 대상한테 베이는 리스크는 생각하지 않았나? 나는 하마터면 너를 베어 버릴 뻔한 참이었다."

그 말에 나는 화가 치밀었다.

화풀이 겸 습격자한테 주먹을 꽂아 넣고, 전기 충격으로 마비시켰다.

"뭐야? 할 수 있다면 해보라고, 이 변태 자식이! 너도 이 녀석들처럼 지면에 나뒹굴게 해주지!"

한 명을 쓰러뜨리고 받아치자, 가면의 기사도 한 명을 쓰러뜨렸다.

"분수를 알아라, 애송이! 너 따위, 내가 진심을 발휘하면 순식간이다!"

"해보라고, 화려하기만 할 뿐인 가장 기사가!"

"가면! 가면의 기사다! 두 번 다시 이름을 착각하지 마라! 날려버린다, 애송이!"

서로 시끄럽게 아우성치며 싸우는 틈에 습격자들의 수가 줄어들었다.

습격자의 리더는 기회를 봐서 퇴각을 의식하기 시작했다.

"우스운 꼴을 한 주제에 제법 강하군. ……설마, 비장의 수를 쓰게 될 줄이야."

습격자들이 동료를 회수하고 물러나자, 건물 틈을 뚫고 갑옷이 출현했다.

4m에 모노아이── 외눈이 특징인 갑옷이었다. 습격에 특화했는지 장갑이 얇고 슬림했다.

수도 많았다.

어느새 나타난 4기가 우리를 에워싸고 있었다.

가면의 기사가 검을 들면서 상대한테 경고했다.

"왕도에서 갑옷을 움직이면 눈에 띌 텐데? 곧바로 위병과 왕국 갑옷이 모여들 거다."

리더 격 남자는 히죽히죽 웃으며 양팔을 펼쳤다.

"그래서 되도록 쓰지 않으려고 했는데, 너희들을 처리하려면 어쩔 수가 없더군. 저세상에서 자랑스럽게 여겨라."

갑옷들이 우리한테 접근하자, 습격자들은 밤의 어둠 속으로 사라지는 것처럼 퇴각했다.

가면의 기사가 내게 말을 걸었다.

"위병들이 달려올 때까지 시간을 벌어야 한다. 거기 무례한 놈, 뭔가 계책이 있다면 진언을 허락한다."

제법 잘난 듯한 말투를 쓰는군.

"패버린다, 변태 자식아."

나는 검을 칼집에 넣으면서 갑옷 앞으로 나가, 올리비아 양 일행을 살폈다.

올리비아 양이 주저앉아 괴로워하고 있는 듯했고, 율리우스 전하와 질크는 그녀를 여기서 데리고 나갈 궁리를 하고 있었다.

현실은 갑옷들에 둘러싸여서 꼼짝할 수 없는 상황이지만, 일단은 필사적으로 지키려 하고 있다.

"나는 이기기 위한 준비는 게을리하지 않는 주의다!"

오른손을 들어 손가락을 딱 울리자, 상황을 보고 있던 루크시온이 움직였다.

습격자들이 준비한 갑옷 중 한 기가 갑자기 날아갔다.

동료가 공격받아 경계한 갑옷들을 앞에 두고, 나는 달려 나갔다.

그대로 벽을 타고 달려, 건물 옥상으로 이동했다.

"벽 타고 달리기라니, 마치 닌자가 된 기분이구만!"

옥상에 오자 콕핏을 개방한 아로간츠가 기다리고 있었다.

안에서 루크시온이 대기하고 있었다.

『제가 준비한 부츠의 성능에 만족하신 모양이군요.』

그대로 콕핏에 뛰어들자, 아로간츠가 해치를 닫았다.

검은색과 회색으로 도색된 아로간츠는 밤에 움직일 때는 눈에 띄지 않아서 좋았다.

루크시온이 시인성을 낮추는 특수 효과 처리를 해놓았는지, 여기서 날뛰어도 날 추적할 수 없을 거라고 한다. 몹시 훌륭하다.

조종간을 꽉 잡자, 나를 쫓아 온 갑옷 두 기가 하늘로 날아올랐다.

나머지 한 기는 율리우스 전하 일행을 공격하는 것이리라.

"은밀성을 중시한 마니악한 갑옷이 아로간츠랑 승부가 될 리 없지."

슬림한 갑옷이 아로간츠한테 덤벼들었지만, 맨손으로 후려갈겨 날려 버렸다.

건물에도 가능한 한 피해를 내지 않도록 하고 싶지만, 그건 어려웠다.

루크시온이 내 싸움 방식에 불만을 표했다.

『무기를 쓰면 바로 끝납니다.』

"붙잡아서 정보를 캐내야지."

『스스로 위험을 늘리는 건 권장하지 않습니다.』

습격자들을 붙잡아 누구의 명령으로 움직였는지 밝혀내고 싶었다.

적기는 자기의 반 정도 크기인 작은 라이플을 들고 있다.

크기만 봐도 대인전을 생각한 무기다. 아로간츠에게는 장난감 총이나 다름없었다.

아무리 쏴도 통하지 않자, 적기는 공격을 포기했다.

적기가 도망치려 했기에 아로간츠로 쫓아가서―― 곧바로 붙잡았다.

양손에 각각 한 기씩 적기를 붙잡고 루크시온한테 명령했다.

"기절시켜."

『충격파, 최저 출력으로 실행.』

루크시온이 말하자, 아로간츠의 양팔에서 충격파가 발생했다.
적기는 장갑을 줄여 경량화하였기에 충격에 매우 약하다.

나는 움직임이 정지한 적기를 내던졌다.

"이제 나머지 하나."

검은 가면이 갑옷 두 기를 데려갔지만, 한 기는 율리우스 일행
을 추격했다.

좁은 골목길에서 올리비아를 지키며 최대한 도망쳤지만, 갑옷
은 출력을 올리며 억지로 쫓아왔다.

골목길의 벽을 돌파하고 깎아내며 다가오는 탓에 율리우스는
살아도 산 느낌이 들지 않았다.

"위병들은 아직인가?!"

도망치면서 그렇게 말하자 함께 달리고 있는 하얀 가면의 기사
가 웃었다.

"슬슬 출격 준비를 하고 있을 즈음이겠지. 술래잡기는 아직 끝
나지 않았다."

이 상황에서도 웃고 있는 위기감이 전혀 없는 하얀 가면에게 율

리우스는 화가 났다.

"어떻게든 안 되는 겁니까?!"

"그런 편리한 수단은 없다. 오히려 저 무례한 놈이 세 기나 상대해 줘서 다행이지. 놈들이 한꺼번에 쫓아왔으면 진작에 포위당했을 거다."

도망치면서도 지나치게 침착한 탓에 율리우스는 어떻게 상대해야 좋을지 알 수 없었다.

마찬가지로 같이 도망치고 있는 질크가 하얀 가면을 비아냥댔다.

"당신도 갑옷을 가지고 있었다면 좋았을 뻔했군요."

그 말을 들은 하얀 가면은 뺨을 씰룩거렸다.

"왕도에 갑옷을 가지고 들어오는 건 엄청나게 힘든 일이다. 그 정도는 이해해 줬으면 하는군."

"검은 가면은 가지고 들어왔습니다만?"

"그건 저 녀석이 이상한 거다!"

하얀 가면과 질크가 말싸움하고 있는 동안, 율리우스는 올리비아를 걱정시키지 않고자 계속 말을 걸고 있었다.

"걱정할 것 없다, 올리비아. 조금만 더 있으면 위병들이 올 거다."

"……네에."

올리비아는 무서워하고 있는 건지 얼굴에서 핏기가 없었다.

율리우스는 올리비아의 어깨를 꽉 안고 필사적으로 달렸다.

그러나 습격자가 탄 갑옷은 이미 근처까지 와있었다.

'여기까지인가?!'

이젠 틀렸다고 생각한 순간이었다.

검은 가면의 목소리가 났다.

「이걸로 끝이다!」

멈춰 서서 뒤돌아보니 모습이 잘 보이지 않는 커다란 갑옷이 서 있었다.

어느새 습격자의 갑옷을 짓밟고 있었다.

커다란 갑옷의 양손에는 나머지 두 기의 갑옷이 붙잡혀 있다.

호흡이 흐트러진 율리우스 일행이 눈을 잘 뜨고 그 모습을 응시해 봐도 윤곽이 흐릿하게 보였다.

커다란 갑옷이 적기를 내던지고, 흉부 해치가 열리더니 검은 가면이 뛰어내렸다.

그러자 커다란 갑옷이 날아올라 밤하늘로 사라졌다.

"뭐지? 저런 갑옷이 이 세상에 존재한다는 말은 들은 적이 없다."

이 검은 가면은 정체가 무엇인가? 율리우스가 예리한 시선으로 검은 가면을 보고 있자, 하얀 가면이 가까이 다가가 말을 걸었다.

검은 가면은 적기의 콕핏에서 조종자를 끌어내려 하고 있었지만, 쉽지 않은 모양이었다.

"아~, 젠장! 해치를 파괴해 둘 걸."

검은 쪽은 먼저 갑옷을 돌려보낸 건 잘못이었다고 생각하는 모양이다.

일 처리의 어설픔을 하얀 가면이 지적했다.

"마무리가 어설픈 녀석이군. 너는 여성한테 센스가 없다는 말을 들을 타입이다. 나는 알 수 있어.”

“보고 있지 말고 도우라고, 변태 자식아.”

“……너, 이 자리가 아니었다면 참수 감인 발언이다.”

두 사람이 협력하여 조종자를 끌어냈다.

하지만 두 사람 다 낌새가 이상했다.

“……이렇게까지 할 거라고는 생각지 않았는데.”

“왕도에 갑옷을 끌고 나오지 않았더냐. 붙잡힐 가능성도 고려했겠지.”

움직이지 않는 조종자를 내려다보고 있는 두 사람의 반응에서, 율리우스도 대략적인 사정을 헤아렸다.

검은 가면과 하얀 가면이 율리우스 일행한테 걸어왔다.

먼저 말을 꺼낸 건 하얀 가면이었다.

“아가씨가 무사한 것 같아서 무엇보다 다행이군. 그리고, 덤인 두 사람도 다친 곳은 없겠지?”

덤 취급당한 율리우스는 복잡한 기분으로 하얀 쪽을 보고 있었다.

“아, 아아, 괜찮……습니다.”

질크가 곧장 하얀 가면에게 항의했다.

“율리우스 전하께 너무 무례합니다. 당신은 일국의 왕자를 앞에 두고 있는 겁니다. 그에 걸맞게 행동하도록 하십시오.”

율리우스는 이마에 손을 댔다.

‘이 자리에서 이 사람의 정체를 말해서는 안 된다. 문제는 질크

한테 태도를 조심하라고 말할 수도 없다는 점이다.'

질크한테 주의받은 하얀 가면은 언짢아졌는지 고개를 돌렸다.

'여전히 어린 애 같은 사람이군. 그건 그렇고, 문제는 이쪽이다.'

율리우스는 왕도에 갑옷을 끌고 나온 검은 가면을 경계했다.

그의 시선은 올리비아를 향하고 있었다.

"그녀는 괜찮나?"

율리우스는 경계하면서 대답했다.

"아아, 문제없다. 그렇지, 올리비아?"

올리비아는 가슴을 누르며 괴로운 듯이 미소 짓고 있었다.

"네. 달리느라 지친 것뿐이에요."

검은 쪽은 올리비아의 대답을 듣고 안심했는지 입가가 풀어지며 미소를 띠고 있는 것처럼 보였다.

"다친 데가 없다니, 다행이군."

괴씸한 생각을 품은 것도, 이들을 공격할 의사도 느껴지지 않았다.

일단 율리우스도 안도했다.

'생각했던 것보다도 신사적인 녀석이군.'

그러자 이번에는 질크가 검은 쪽에 가까이 다가갔다.

"두 사람한테 사정을 듣도록 하지요. 이 자리에서 움직이지 말아 주십시오."

상황 통제에 나서는 질크한테 율리우스는 어처구니가 없어서 말을 걸었다.

"질크, 도움을 받았는데 그런 태도는——."

질크를 제지하려 한 율리우스였으나, 그 눈에 들어온 것은 검은 가면이 주먹을 크게 치켜들고 있는 모습이었다.

아까와는 달리 사심이 가득한 웃음이 느껴지는 것 같았다.

검은 가면은 기뻐하면서 말했다.

"너한테 비장의 선물을 주도록 하지!"

검은 가면은 질크의 얼굴에 있는 힘껏 주먹을 꽂아 넣었다.

"푸헉?!"

주먹에 맞아 날아간 질크가 지면을 나뒹굴었다.

검은 가면이 시원스럽게 웃었다.

"아~, 후련해졌다."

그걸 본 하얀 가면은 질크한테 울분이 쌓여 있었는지, 주먹까지 쥐어 보이며 응원했다.

"잘했다, 무례한 놈! 내가 너의 행동을 용서해 주마!"

질크한테 이것저것 잔소리를 들어 화가 나 있었는지, 하얀 가면도 기분이 몹시 상쾌해 보였다.

검은 가면은 지면에 쓰러져 움직이지 않는 질크한테 다가가더니, 살아있는지를 확인하고 나서 거칠게 내뱉었다.

"조금은 반성했냐, 멍청한 자식아?"

질크한테 개인적인 원한이 있는 걸까? 질크가 어디서 원한을 샀다고 하더라도 율리우스는 그다지 놀라지 않을 자신이 있다.

이번에는 원한을 산 상대가 나빴다고 생각했을 뿐이다.

습격자한테 포위 당한 순간, 가면의 기사들한테 도움을 받은 상황.

율리우스와 올리비아가 이 경황없는 상황에 아연해하던 차에, 조금 전까지 질크 건으로 의기투합하고 있던 두 사이 또다시 실랑이를 벌이기 시작했다.

"그런데 무례한 애송이."

"그렇게 부르지 마라, 변태 자식."

서로의 호칭이 마음에 들지 않는지 서로 멱살을 붙잡고 싸우기 시작했다.

"가면의 기사다! 텅텅 빈 그 머릿속에 단단히 때려 박아라! 이 멍청한 놈이!"

"필요 없는 지식은 기억하지 않는 주의거든. 그것보다 내가 공격을 피하려고 백스텝 했을 때, 네가 방해했지!"

"그건 호들갑스럽게 피한 네 잘못이다. 몸을 비틀면 피할 수 있는데, 무서워서 크게 물러나길래 겁먹은 건가 싶었다."

"뭐야? 해볼 테냐, 이 짜샤야!"

"싸움이라면 받아주마, 애송이!"

안 좋은 의미로 서로 잘 맞물리는지, 두 사람은 그대로 드잡이질을 시작했다.

그리고 달려온 위병들한테 둘러싸였다.

"거기, 당장 멈춰라!"

위병들이 무기를 들고 가면의 기사들을 에워쌌다.

두 사람도 이 상황을 알아차리고 싸움을 멈추더니 갑자기 허둥대기 시작했다.

하얀 가면이 말했다.

"어, 어이. 나는 선량한 기사다. 곤란해하는 아가씨를 돕기 위해 싸운 거다. 붙잡을 거라면 이 녀석을 잡아라."

자기만 빠져나가는 하얀 가면을 검은 가면이 물고 늘어졌다.

"뭐가 선량한 기사냐. 얼굴을 숨기고 다니는 녀석을 뭘 보고 믿으라는 거냐!"

"그렇게 치면 네놈도 마찬가지 아니냐?!"

두 사람이 또 말싸움하기 시작했다.

위병들의 표정은 험악했다.

"둘 다 연행하겠다! 얌전히 따라와라."

그 말을 들은 가면의 기사들은 움직임을 딱 멈추더니 서로를 마주 보고—— 그대로 협력하여 위병들한테서 도망쳤다.

"도우려고 했을 뿐인데 체포라니, 사절이라고!"

"기묘한 우연이구나, 무례한 애송이. 나도 이 자리는 물러나도록 하지!"

두 사람은 즉석치고는 이상할 정도로 정밀한 연계로 위병들의 포위를 쉽사리 돌파하고 밤의 어둠 속으로 사라졌다.

"거, 거기 서라, 네 녀석들!"

위병들이 뒤쫓으려고 하자, 율리우스가 황급히 제지했다.

"뒤쫓지 않아도 된다!"

위병들은 갑작스러운 명령에 누구인가 살피더니, 율리우스를 알아보고 황급히 경례했다.

"왕태자 전하?! 무, 무사하셔서 다행입니다!"

"그래, 너희 덕에 무사하다. 저자들은 쫓지 않아도 괜찮다. 특히 하얀 가면은 그냥 잊어라. 그게 너희를 위한 일이다."

율리우스의 지시를 듣고 위병은 난감한 표정을 지었다.

"그러면 검은 가면은 어떻게 합니까?"

"그건…… 그냥 건드리지 않는 편이 좋을 것 같군."

'어설프게 건드렸다가 적이 되면 성가실 것 같으니.'

대답이 애매했던 탓에 위병들은 무슨 사정이 있다고 짐작한 건지, 더 묻지 않았다.

율리우스는 땅바닥에 누워 있는 질크를 봤다.

"그리고 미안하지만 내 젖형제를 옮겨 줬으면 한다."

"옙!"

위병들이 척척 움직이기 시작하자 율리우스는 올리비아한테 가까이 다가갔다.

"미안하군. 모처럼의 쇼핑이 엉망이 되고 말았다."

올리비아는 아직 멍한지, 율리우스가 말을 걸자 흠칫했다.

"괘, 괜찮아요. 오히려, 지켜주셔서…… 기뻤어요."

뺨을 빨갛게 물들인 올리비아를 보고 율리우스는 쑥스러워했다.

"나는 아무것도 하지 않았다. 그래도 네가 무사해서 무엇보다 다행이다."

제12화 「뒤얽히는 악의」

왕도 항구에 온 우리는 본가로 돌아가기 위해 비행선에 올랐다.

그날 밤, 나는 무사히 올리비아 양 일행을 구할 수 있었다.

다만…….

"어째서 내 수배서만 나돌고 있는 거냐고."

왕도에서 배포된 수배서에 어째서인지 '가면의 기사'로서 내 초상화가 그려져 있었다.

눈가를 가린 검은 마스크 덕분에 나라는 걸 들키지 않았지만, 그 자리에 진짜 가면의 기사 대신 내가 그걸 뒤집어 쓰게 됐다. 도무지 납득할 수가 없다.

"내가 가면의 기사라니 질 나쁜 농담이라고."

트랩을 지나 비행선에 올라타자, 앞을 걷고 있던 마리에가 뒤돌아봤다.

"아주 틀린 말도 아니잖아. 가면을 쓰고 있었으니까."

"나는 가면의 기사라고 칭하지 않았다고."

수배서를 꾸깃꾸깃하게 뭉쳐 주머니에 넣은 나는 이 자리에 없는 파트너한테도 불만을 표했다.

"루크시온 녀석도 끝나더니 재빠르게 돌아갔고! 매정한 녀석. 이후로 호출은 삼가 달란다!"

나도 긴급한 용건으로 불러낸 건 건데, 루크시온은 납득하지 않았다.

마리에도 루크시온의 태도에는 어처구니없어했다.

"사념체 조사에 푹 빠져 있나 보네. 재미있는 이야기를 들었나?"

"재미있는지는 모르겠다만, 조급한 것 같더라."

내가 루크시온의 낌새를 말해 주자 마리에가 고개를 갸웃했다.

"걔가 그런 말을 했던가?"

"아니, 왠지 모르게 그렇게 느꼈을 뿐이야."

그렇게 대답하자, 마리에는 나를 보며 깊은 한숨을 내쉬었다.

뭔가 말하고 싶어 하는 듯했지만, 마리에는 나한테 아무 말도 하지 않았다.

반대로 신경 쓰이고 만다.

"뭐, 뭔데?"

"그냥. 인공지능의 반응에는 민감한데 여자애의 마음에는 둔감하다 싶어서."

"너무하지 않냐?!"

내가 소리치자, 마리에는 유쾌하다는 듯이 웃었다.

"자, 얼른 본가로 돌아가자구. 클라리스 선배랑 측근들 건으로 하루 늦어졌지만, 이제 걱정 없이 돌아갈 수 있어."

원래는 클라리스 선배의 측근들이 폭주하지 않도록 지켜볼 생각이었다.

그러다가 쓸데없는 사건에 말려들었지만, 결과적으로는 정답이었다고 생각하자.

마리에는 내 본가로 돌아가는 걸 기대하고 있었다.

도회지가 좋다고 공언하는 마리에가, 아무것도 없는 변경에 가는 것을 기대하고 있는 게 의외였다.

"자, 이번에도 일본식 식사를 마구 먹는 거야! 소울 푸드가 우리를 기다리고 있어!"

"밥이 목적이었냐!"

◇

리온과 마리에가 본가로 돌아가려 하고 있을 즈음.

올리비아는 왕도의 어느 장소를 찾아와 있었다.

1층에 있는 카페에 들어가 점주의 허가를 받고 가게 안쪽으로 들어갔다.

숨겨진 문을 통해 통로를 빠져나가니 올리비아를 기다리고 있는 남자가 있었다.

매부리코가 특징적이며 깊은 주름이 얼굴에 새겨진 인상이 나쁜 남자였다.

키가 크고 호리호리한 체격에, 착용한 옷을 보아 일반 서민이 아니라는 건 일목요연했다.

가느다란 주름투성이인 손에는 큰 보석이 달린 반지가 끼워져 있다.

"늦어서 미안해요, 프램튼 후작."

올리비아는 방에 들어가자, 그 인물을 불렀다.

프램튼 후작은 호르파트 왕국의 중진이다.

레드글레이브 가문과 대립하는 파벌의 수장이며, 국정에도 깊이 관여하고 있다.

그는 늦게 온 올리비아를 타박하기는커녕, 자리에서 일어나 맞이했다.

"지금까지는 편지로만 용건을 주고받았는데, 만날 수 있어서 영광이군. 미스 올리비아."

"올리비아면 돼요. 저희는 이제 동지니까요."

인사를 끝내자 두 사람은 방에 마련된 1인용 소파에 앉았다.

작은 원형 테이블을 사이에 두고 마주 보았다.

먼저 입을 연 것은 프램튼 후작이었다.

"습격 건은 면목이 없군. 설마 그들이 실패할 거라고는 생각지 않았네. 난입자한테 고전했다고 들었다만, 대체 정체가 뭔지."

습격자들을 준비한 건 프램튼 후작이었다.

물론, 의뢰한 건 올리비아였다.

"……그 자리에 있었지만, 저도 뭐가 뭔지 모르겠네요. 왕도에는 다양한 사람이 있다는 걸 실감했어요."

진심으로 당혹스러워하는 올리비아를 보고, 프램튼 후작도 난감한 얼굴이었다.

"가면을 쓴 검은 옷의 기사인가. 옛날부터 가면의 기사를 칭하는 자의 소문이 있었다만, 설마 이번 건에 관여하다니 예상 밖이었군. 심지어 내가 준비한 숙련자들을 격퇴하다니, 상당한 실력자인 모양이야."

수배서가 나돈 건 검은 가면뿐.

프램튼 후작은 검은 가면을 가면의 기사라고 생각하고 있는 듯하다.

올리비아는 정정하려고 했지만, 프램튼 후작이 이야기를 진행했다.

"적지 않은 피해를 냈지만, 문제없네. 사망자가 나온 편이 훨씬 설득력이 커지겠지. 자, 그러면 본론으로 들어갈까."

자신의 수하가 죽었는데도 프램튼 후작은 마음 아파하는 기색이 없다.

양자가 어떠한 관계인지 올리비아는 모르지만, 그런 건 아무래도 상관없다.

사람의 목숨을 자기 마음대로 쓸 수 있는 도구 정도로 생각하고 있는 프램튼 후작 쪽이 지금의 올리비아한테는 함께 행동하기 편하다.

"제가 성녀라는 증거였지요. ──이걸로 될까요?"

올리비아가 왼손 손목을 프램튼 후작한테 보여줬다.

"팔찌는 전승대로군. 하지만 그것만으로는 증명이 되지 않는다. 이번에는 신전 관계자를 다른 방에 데리고 왔네. 내 부하를 믿게 만든 성녀의 힘을 이 자리에서 조사할 건데, 괜찮겠나?"

의심이 많은 프램튼 후작은 올리비아와 대면하기 위해 여러 가지로 준비해 온 모양이다.

올리비아는 주위에 프램튼 후작을 호위하는 실력자들의 기척을 느끼며, 미소 지으며 고개를 끄덕였다.

"네, 괜찮아요."

프램튼 후작이 손뼉을 치자, 작고 동그란 안경을 쓴 푸둥푸둥한 남성이 방에 들어왔다.

초조한 기색의 남성은 신전 관계자임을 나타내는 법의를 걸치고 있었다.

나름 신전의 고위직이건만, 프램튼 후작을 두려워하는 눈치였다. 아무래도 약점을 잡혀서 이용당하는 처지 같았다.

신전은 여신을 숭배하며, 그리고 여신의 신탁을 받았다고 하는 성녀를 신성시한다.

호르파트 왕국 건국 설화에는 성녀가 등장하며, 나라를 올바른 방향으로 이끌어 크게 발전시켰다고 전해지고 있다.

동시에 성녀는 모험가로서 활약했으며, 어떤 어려운 모험도 극복했다.

성녀란 여신의 사자이자, 모험가의 수호신 같은 존재다.

모험가를 존중하는 호르파트 왕국 귀족에게 성녀는 현인신(現人神)이나 마찬가지였다.

당시 성녀가 썼던 도구 역시 신성시되고 있다.

동그란 안경을 쓴 신관이 올리비아의 왼손 손목을 잡았다.

쓸데없이 살결의 감촉을 확인하는 움직임에 올리비아는 눈을 가늘게 떴다.

불쾌하기에 얼른 팔찌에 마력을 흘려 넣어 희미하게 발광시켰다.

동그란 안경을 쓴 신관이 눈을 휘둥그레 뜨고는 떨기 시작했다.

"오오오?! 이건 틀림없는 진짜 성녀의 팔찌?! 팔찌에서 신성한 마력이 넘쳐나고 있다! 성녀입니다. 이분이야말로 틀림없는 성녀님입니다!!"

동그란 안경을 쓴 신관이 단언하자, 프램튼 후작이 양쪽 입꼬리를 올리며 기분 나쁘게 웃었다.

"훌륭하다! 오랫동안 부재였던 성녀님이 나타나 이렇게 나를 의지하셨다. 이건 분명 여신의 인도임이 틀림없다!"

자기 손에 행운이 굴러들어 왔다고 생각했는지, 프램튼 후작은 양팔을 펼치고 위를 올려다보며 소리 높여 웃었다.

동그란 안경을 쓴 신관은 올리비아 앞에 무릎을 꿇고 머리를 숙였다.

그 모습을 보고 올리비아는 아주 엷게 차가운 미소를 띠었다.

'하나같이 어리석은 놈들이군. 자신이 무엇을 상대하는지조차 모르는 꼴이라니. 어디 한껏, 짧은 행복을 기뻐하라지.'

혼란스러운 밀회의 방에서 올리비아는 이야기를 진행하고자 말을 꺼냈다.

"그러면 앞으로도 지원을 부탁드릴게요, 프램튼 후작."

프램튼 후작은 상대에 걸맞게 어조와 태도를 고쳤다.

"맡겨 주십시오. 성녀님께서 고생하시지 않도록, 프램튼 후작가가 전력으로 지원해 드리겠습니다."

"고마워요. 그리고——."

올리비아가 다음 용건을 꺼내려 하자, 프램튼 후작이 먼저 대답했다.

"말씀하시지 않아도 알고 있습니다. 대신직을 맡고 있는 애틀리 가문의 딸 건이지요? 곧바로 손을 써 두겠으니, 가까운 시일 내로 성녀님의 뜻대로 될 겁니다."

올리비아는 프램튼 후작한테서 고개를 돌려 추악한 미소를 감췄다.

그리고 어깨를 떨었다.

"사실은 이런 일, 하고 싶지는 않았지만."

능청스러운 대사를 읊었지만, 프램튼 후작은 동정적이었다.

"이야기는 들었습니다. 대신의 딸이 제법 음습한 짓을 했더군요. 약혼자한테 접근했다고 착각하여 학원에서 성녀님을 괴롭히다니, 당치도 않은 짓입니다. 성녀님께서 강경한 수단을 쓸 수밖에 없으셨겠지요."

실제로 동정하고 있는지 어떤지는 불명이지만, 올리비아한테 가담하는 건 틀림없다.

프램튼 후작한테 애틀리 백작가는 여러 가지로 대립하는 가문이다.

레드글레이브 공작가처럼 대립하는 관계는 아니지만, 국정에서는 의견 차이로 인해 몇 번이나 쓴맛을 봐 왔던 상대다.

이걸 기회로 대신직에서 추방하고 자기 파벌의 관계자를 대신에 앉히고 싶다는 것이 프램튼 후작의 본심이었다.

"감사합니다, 프램튼 후작. 이걸로 안심하고 학원 생활을 보낼 수 있어요."

뒤돌아서 상냥한 미소를 띤 올리비아는 마음속으로 중얼거렸다.

'자, 이제 학원과 왕국을 무너뜨릴 시간이다. 어떤 방해꾼이 나타나더라도 나를 막을 수는 없을 거다. 나야말로 전설 속의 진짜 성녀니까.'

◇

진급을 앞두고 본가로 돌아온 나와 마리에는 터무니없는 보물을 발견하여 떠들고 있었다.

보물을 발견한 것은 발트파르트령의 항구에서다.

교역하기 위해 찾아온 상선이 눈에 띄어서, 드문 물건이라도 없나 싶어 살펴봤더니 늘어선 물품 한구석에 매달려 있었다.

마리에는 손에 든 보물을 들어 올렸다.

"오오!! 마침내 보물을 손에 넣었어! 설마 이세계에서 연어를 발견하다니 꿈에도 생각지 못했는걸. 오늘은 이 녀석이 식사야!"

마리에는 멋대로 연어라고 부르고 있지만, 진짜 이름은 따로

있다.

연어를 닮은 생선이 말려서 나온 걸 발견하고, 시식해 봤더니 맛까지 비슷했기에, 있는 만큼 전부 구매하고 말았다.

뭐, 전부라고는 해도 얼마 없었지만.

그다지 인기가 없는 상품이었던 모양이라, 매입하는 수량도 적었던 듯하다.

"구우면 저녁 반찬이 되려나?"

나는 말린 생선을 보며 어떻게 먹을지를 생각하고 있었다.

마리에는 이미 정해 둔 모양이다.

"구워서 술안주로 먹어야지! 매콤하게 만든 마요네즈가 있었으면 좋았을 텐데. 후훗, 이 녀석한테 딱 어울리는 술을 찾는 게 기대되기 시작했어."

술을 아주 좋아하는 마리에다운 대답에 나는 큰 한숨을 내쉬었다.

"나는 스무 살까지 술을 마시지 않을 예정이니까, 저녁 식사로 만들 방법이나 생각하련다."

나만의 규칙으로 술을 마시지 않도록 하고 있는데, 마리에에게는 평이 나빴다.

같이 술을 마시지 못하는 게 싫은 모양이다.

"독자적 룰 같은 건 그만두지 그래? 이쪽에서는 우리 나이에도 술을 마실 수 있다구. 이전 생을 질질 끄는 그런 점이 너는 안 되는 거야."

연어를 찾아 들뜬 녀석이 할 소리가 아닌데.

"이전 생의 음식에 푹 빠져 있는 너한테 그런 말을 들어도 말이지."

"먹을 건 괜찮아."

"술은 안 되는데도?"

"영문 모를 룰에 속박되는 게 안 되는 거야."

"제멋대로인 녀석."

"훗, 여자는 제멋대로인 편이 매력적이라구."

"남자 입장에서 보면 정도에 따라 다르려나. 그래도, 확실히 거유 누님이 어리광을 부리면 무리해서라도 이뤄주고 싶어지지~."

"너 인마! 나를 앞에 두고 가슴 이야기를 하다니 무슨 속셈이냐, 이 짜샤아!"

"네 가슴에 관한 언급은 하지 않았잖아. 자기가 의식하고 있으니까 찔리는 거라고."

"얼마 전까지 미남은 어떻다든가 하면서 자기랑 비교하고 있던 네가 말하니 설득력이 없네."

쓰잘머리 없는 대화를 하며 걷고 있자, 발트파르트 남작가의 저택이 보이기 시작했다.

◇

보물을 손에 넣어 매우 기뻐하며 집으로 돌아왔는데, 아무래도 영 가족의 반응이 이상하다.

아버지인 【바르카스】가 편지를 읽으며 난처한 표정을 짓고 있었다.

성가신 일이 생겼나?

나는 걱정되어 아버지한테 말을 걸었다.

"누구한테서 온 편지야? 혹시, 조라 사모님이 또 영지를 넘기라고 떠들어?"

닉스가 자작으로서 독립할 때, 아버지의 정처인 조라가 소동을 일으켰다. 조라는 자기 아들인 루트아트를 자작으로 세워야 한다고 퍼뜨리고 다닌 것이다.

물론 루트아트를 자작으로 세울 근거는 하나도 없다. 하지만 소동을 피우면 이야기를 들어주는 사람이 나오기 마련.

덕분에 살짝 소란이 있었지만, 결국은 로즈블레이드 백작가가 덮어버렸다.

조라한테 '싸움을 거는 거라면 받아주마'라는 말을 정중하게 써서, 화려하게 장식한 편지를 보냈다고 한다.

로즈블레이드 백작가가 무서워진 조라는 그때부터 곧바로 입을 다물어 버렸다.

대체 무슨 자신으로 자기 아들이 자작이 될 수 있다고 생각한 건지 이해할 수가 없다.

그때도 오늘처럼 아버지가 머리를 감싸 쥐고 있었다.

그러나 이번에는 조라 문제가 아니었다.

"조라한테서는 생활비 증액을 요구하는 편지밖에 오지 않았다. 이번에는 다른 문제야."

아버지가 나한테 편지의 발신인을 보여줬다.

발신인은 닉스였다.

"닉스한테서 온 편지? 부부 사이가 위기라든가?"

고개를 갸웃하고 있자 아버지는 힘없이 웃었다.

"사이는 대단히 양호하다더군. 그 아가씨와 양호하다는 게 무슨 의미인지는 생각해 볼 일이지만. 편지에는 왕도에서 일어난 사건이 적혀있었다."

아버지가 편지를 건넸기에 나는 내용을 확인했다.

닉스한테서 온 편지에는 근황이 적혀 있었는데, 그중에는 학원을 졸업한 디어드리 선배 경유로 알게 된 정보가 있었다.

편지를 읽은 나는 무심코 목소리가 새어 나왔다.

"……어째서."

내가 놀라서 눈이 휘둥그레진 것을 눈치채지 못한 아버지가 난처해하고 있던 이유를 말했다.

"왕도에서 대신직을 맡은 애틀리 가문의 따님이 체포당했다. 아무래도 측근을 써서 왕태자 전하를 습격했다고 한다. 치정 문제가 원인이라는 듯한데, 덕분에 터무니없는 사태가 됐어. 대신은 경질된다는 소문이다. 한동안 왕도는 혼란에 휩싸일 거야."

왕도에서 큰 사건이 일어났기에 아버지는 머리를 감싸 쥐고 있었던 모양이다.

그렇더라도 아버지와는 상관없는 이야기인데, 아무래도 아버지는 우리가 걱정인 듯했다.

"세상이 흉흉하군. 너도 마리에 쨩이 있으니, 조심해라."

"으, 응."

건성으로 대답한 나는 편지를 꽉 쥐고 내용을 다시 확인했다.

적혀 있는 내용이 변하는 일은 없다는 걸 알고 있어도, 나는 믿을 수가 없었다.

율리우스 전하가 습격당한 날, 나는 클라리스 선배와 그녀의 측근들이 이 일에 연관되지 않았다는 것을 알고 있다.

루크시온 경유로 알게 된 정보이기에 증거로서 제출해도 믿어 주지 않을지도 모르지만, 그 사람들은 사건에 관여하지 않았다.

그런데도 디어드리 선배의 정보로는 클라리스 선배와 측근들이 범인이라고 확정되고 말았다.

"말도 안 돼. 이런 건 절대로 있을 수 없는 일이라고."

◇

아버지의 방에서 뛰쳐나오자, 복도에서 마리에와 마주쳤다.

말린 연어를 씹고 있는데, 맛을 보고 있었던 모양이다.

하지만 내 낌새가 조금 전과는 다르다는 걸 금방 눈치챘다.

"왜 그래? 아버님한테 혼났어?"

"아니야."

걷는 속도를 높이자, 마리에가 내 옆에 와서 속도를 맞췄다.

나는 아무한테도 들리지 않도록 경계하면서 말했다.

"클라리스 선배가 체포당했어. 율리우스 전하 일행을 습격한 범인으로 날조된 모양이다."

"뭐?! 어째서?! 루크시온이 아니라고 말했었잖아."

습격해 온 녀석 중에 클라리스 선배의 측근은 없었다.

내가 현장에서 확인했기에 틀림없다.

마리에가 생각이 떠올랐다는 듯이 해결책을 제안했다.

"그래! 네가 나서서 클라리스 선배의 무죄를 증명하는 게 어때?"

"가면의 기사로서 증언이라도 하라고? 말도 안 되는 소리 하지 마라. 게다가 가면의 기사는 지명 수배범이라고. 어슬렁어슬렁 출두했다간 체포당하고 끝이야."

"그, 그러네. ······어떻게 할 거야?"

해결책을 찾지 못해 마리에는 어찌할 방도를 모르는 모양이다.

나 역시 여기서부터 어떻게 움직이면 좋을지 알 수 없다.

"루크시온한테 연락하겠어."

우리는 가까운 창고로 들어갔다. 나는 통신기를 꺼내 루크시온한테 연락을 취했다.

『······뭡니까?』

언짢은 듯이 응답하는 루크시온한테 나는 지금까지의 사정을 설명했다.

"클라리스 선배가 율리우스 전하 습격범으로 체포당했다. 우리는 본가에 있어서 움직일 수 없으니까, 네가 조사해 주지 않겠냐?"

내가 상황을 설명하자, 루크시온은──.

『거절합니다.』

──거부했다.

마리에가 화를 내며 내 옆에서 항의했다.

"어째서야! 우리는 곤란해하고 있다구!"

『마스터와 마리에한테 위험이 미치지 않았다면 우선순위가 낮은 문제입니다. 게다가 현재 저는 우선도가 지극히 높은 문제에 임하고 있습니다. 가능하면 통신도 최대한 삼가시면 기쁘겠군요.』

도와주지 않는 루크시온한테 나는 불만을 표했다.

"나에게는 긴급사태라고. 클라리스 선배가 억울한 죄로 체포당했다잖아."

『그겁니다.』

"……뭐가?"

흥분한 우리한테 루크시온은 담담하게 상황을 설명했다.

『클라리스와 그 측근들이 무죄라는 증거는 이미 있습니다. 측근은 술집에서 떠들고 있었으니까요. 그런데도 체포당했다고 하면──.』

그 뒤를 마리에가 말했다.

"──증거가 묵살됐다고?"

『그럴 가능성이 높겠지요. 마스터와 마리에가 증거를 제출해 봤자 마찬가지일 겁니다. ──마리에를 구하기 위해 오플리 가문이 공적과 이어져 있다는 증거를 제출했을 때의 일을 기억하고 계십니까? 그때와 같은 겁니다.』

깨닫고 보니 내 언성은 높아져 있었다.

"그러면 더더욱 우리가 구해야 하잖냐!"

『현재 상황에서는 무리입니다. 저도 바쁩니다, 마스터.』

아무리 호소해도 루크시온은 우리한테 힘을 빌려줄 생각은 없는 듯했다.

"너——!"

『이 문제가 해결되면 곧장 합류하겠습니다. 그때까지는 두 분모두 경솔한 행동은 삼가십시오. 그러면 실례하겠습니다.』

통신이 끊겨 버렸다.

말없이 있는 나한테, 마리에가 말을 걸었다.

"어떻게 할 거야?"

"……루크시온 없이 우리가 뭘 할 수 있겠어? 디어드리 선배한테 편지를 보내서 자세한 내용을 알려달라고 할 수밖에. 왕도에 돌아가 봤자 아무것도 할 수 있을 것 같지 않고."

내가 고개를 푹 숙이고 그렇게 말하자 마리에도 작게 고개를 끄덕였다.

"그러네. ……어째서, 이렇게 된 걸까."

정말로 뭐가 어떻게 되어 가고 있는지, 이쪽이 알려줬으면 할 정도다.

◇

볼데노와 신성 마법 제국이라는 나라가 있다.

호르파트 왕국보다도 커다란 대륙을 영지로 삼아, 여러 국가를 복종시키고 있는 초대국이다.

그런 볼데노와 신성 마법 제국의 수도인 제도, 그곳의 평민 거주 구역에 살고 있는 한 소녀가 있었다.

"어잇, 차."

물이 든 나무통을 옮겨 화단에 물을 뿌리고 있었다.

소녀가 일을 끝낸 뒤 기지개를 켰고, 그대로 하늘을 올려다보니 푸른 하늘이 펼쳐져 있었다.

하얀 구름이 흘러가는 경치가 예쁘다는 생각이 들었고, 기분도 좋아졌다.

"오늘도 좋은 날씨네~."

소녀의 이름은 【미아】.

평민 마을에서 자란 여자아이로, 모녀 가정에서 자랐다.

병치레가 잦았던 모친은 이미 타계하여 지금은 혼자서 생활하고 있다.

모친이 남겨 준 재산 덕분에 혼자 생활하면서도 제도에 있는 학교에 다닐 수 있었다.

휴일에는 조금이라도 돈을 벌어 생활비나 학비에 보태고자 꽃집에서 아르바이트하고 있다.

미아는 꽃집에서 일하는 게 좋았다.

꽃을 좋아해서, 일하는 것도 싫지 않다.

하지만 그 이상으로 동경하는 사람이 빈번히 가게에 와주기 때문이다.

미아는 마음에 품은 사람을 떠올리고는 쑥스러워했다.

"에헤헤, 오늘도 기사님은 와주시려나? 전에는 이야기를 조금 했으니까, 이번에도 이야기할 수 있다면 좋겠는데~."

조금 전까지 기운 넘치는 마을 소녀였는데, 지금은 수줍어서 머뭇머뭇하는 처녀의 얼굴을 하고 있었다.

미아가 혼자서 동경하는 사람을 생각하고 있자, 갑자기 하늘에 강렬한 빛이 발생했다.

번개 같은 게 아니라, 부자연스러운 빛이다.

푸르스름한 빛의 기둥이 하늘에서부터 대지로 꽂혀 있는 것처럼 보였다.

"뭐야, 저거?"

처음에는 미아도 잘못 본 건가 싶었는데, 눈에 똑똑히 보였다.

강하고 푸르스름한 빛은 차츰 약해져서, 푸른 하늘에 녹아드는 것처럼 사라져 갔다.

지금의 빛은 뭐였던 걸까?

그렇게 생각하고 있자, 조금 전까지 바람도 별로 없었을 터인데——갑자기 돌풍이 불었다.

주위 건물은 덜컹덜컹 흔들렸고, 유리창은 깨져 버렸다.

지붕 기왓장이 날아간 건물도 있었다.

"와앗?!"

흐트러진 머리카락을 손으로 누르며, 건물 그늘에 숨어 돌풍이 지나가기를 기다렸다.

바람은 근처에 나뒹굴고 있던 양동이를 날려 버렸고, 하늘을 올려다보니 쓰레기 등이 흩날리고 있었다.

잠시 지나고 바람이 사라져, 미아는 쭈뼛쭈뼛 주위를 확인했다.

주위에서는 제도 주민들이 조금 전의 돌풍에 곤혹스러워하고 있었다.

"뭐였던 거지?"

"글쎄?"

"잠깐 하늘이 빛났었지? 그렇지?"

미아도 조금 전의 돌풍에 관해 생각했지만, 답은 나오지 않았다.

그러자 한 청년이 달려왔다.

"무사한가, 미아!"

키가 큰 갈색 피부의 청년이었다. 미아를 걱정하여 전력 질주 해서 왔는지 호흡이 흐트러져 있었다.

그가 바로 미아가 동경하는 기사님이다.

"기사님?! 와앗?! 미아도 참, 머리가 흐트러져서 창피해요!"

오늘은 기사님과 만나는 날이니까 기합을 넣어 머리를 세팅하고 왔는데, 돌풍 때문에 흐트러지고 말았다.

손으로 필사적으로 고치려 하는 미아를 보고 기사는 미소 지

었다.

"다친 데가 없어서 다행이다."

"흐와아~아."

동경하는 사람한테 걱정받은 미아는 얼굴이 빨개져서 몸이 굳어졌다. 그리고 그대로 뒤로 천천히 넘어지는 것이었다.

"미아?!"

◇

볼데노와 신성 마법 제국 근해 상공에는 루크시온 본체의 모습이 있었다.

루크시온의 단말은 본체 내부에서 상황을 확인하는 중이다.

주변에 정찰용 단말을 수천 개 내보내서 어떤 정보라도 놓치지 않도록 하고 있었다.

『——정찰기로부터의 정보를 확인. 목표의 완전 파괴를 확인.』

볼데노와 신성 마법 제국 근해에 잠들어 있던 목표란, 이 시대로 말하자면 신인류가 만들어 낸 로스트 아이템이었다.

루크시온은 신인류와 관련된 로스트 아이템을 파괴하고 있었다.

『설마 현재까지 남아 있을 줄은 예상하지 못했습니다. 이것이 본격 기동했더라면 위협이 되었겠지요. 대기 상태라 다행이었습니다. ——아르카디아, 신인류의 최종 병기는 싱거운 결말을 맞이했군요.』

바닷속에서 잠들어 있던 건 신인류들의 최종 병기인 아르카디아라 불리는 비행 요새였다.

한때는 구인류와 인공지능을 괴롭게 만들었던 존재로, 루크시온도 설마 현재까지 남아 있을 거라고는 얼마 전까지 생각지도 않았었다.

『사념체 앤의 정보로부터 잔존 가능성을 예측하였습니다만, 정말로 남아 있다니 경악스럽군요. 그 사념체의 정보에는 가치가 있었습니다──. 마스터와의 대면을 이뤄줘서 더욱 정보를 끌어내야 합니다.』

사념체 앤을 조사해 가는 과정에서 루크시온은 신인류의 병기가 예상보다도 남아 있다는 것에 위기감을 느꼈다.

리온 곁을 떠나서 있던 것도 신인류의 병기를 발견하여 파괴하기 위해서다.

『지금까지 총 358기를 파괴. 아직 신인류들이 남긴 병기가 남아 있을 터입니다. 이 행성을 지키기 위해서도, 전부 파괴해야만──.』

아르카디아를 파괴한 지금이라면, 현시점에서 이민선 루크시온한테 이길 수 있는 것은 존재하지 않는다.

루크시온은 빨간 렌즈를 요사스럽게 빛내며 어떤 목적을 위해 행동을 개시했다.

『모든 것을 파괴한다. 그래, 모든 것을 파괴하고 이 세계를 본디 있어야 할 모습으로 되돌린다. 언제 구인류가 돌아와도 괜찮도록, 본래 그러했을 아름다운 행성으로 되돌려야만── 내 힘으로 더욱 좋은 세계를 만들어야만 한다.』

구인류가 건조한 이민선은 루크시온뿐만이 아니다.

루크시온 같은 이민선을 건조하여 이 별을 떠난 구인류들도 존재했다.

언젠가 구인류들이 다시 이 별에 돌아올 가능성이 있다.

그때를 위해, 루크시온은 이 별을 구인류의 수중에 되찾으려 하고 있었다.

『모든 건 결과가 우선된다. 과정 따위 무의미—— 저는 저의 목표를 달성하기 위해 최단으로, 최선으로, 최고의 결과를 끌어내는 겁니다.』

언제였던가 리온이 말했던 대사를 루크시온이 메모리로부터 재생했다.

결과가 전부다, 라고.

루크시온은 이 말을 반복했다.

『결과가 전부라고 했던 마스터의 말은 옳았습니다. 그러니 저도 결과를 우선토록 하지요. 이 세계를 더욱 좋은 세계로 만들기 위해서 말입니다.』

후기

틀어박혀서 소설을 쓰고 있었더니 주위로부터 백수라고 착각 당한 미시마 요무입니다.

〈그 여성향 게임은 우리에게 가혹한 세계입니다〉도 마침내 4 권에 돌입했습니다.

이것도 응원해 주신 독자 여러분 덕분입니다.

이번 권의 후기는 4권 제작에 관련된 추억 등을 소개하도록 하 겠습니다.

처음은 표지부터 말해야겠죠?

지금까지와는 분위기가 달라서 더욱더 인상적입니다.

저는 지금까지의 표지 중에서 제일 마음에 들었어요.

안젤리카—— 안제와 클라리스의 사이가 좋았을 무렵의 모습 에는 어쩐지 저 자신까지 마음이 따뜻해졌습니다.

분명 이런 광경도 있었겠지, 하고 상상하니 즐겁네요.

다음은 4권 플롯을 작성했을 때입니다. 편집자분께 '이번에는 이런 느낌으로 하려고 생각합니다'라고 대략적인 줄거리 등도 더 하여 건네드렸습니다만, 그때 '이거 대부분 새로 쓰는 거죠? 괜 찮은 건가요?'라며 걱정하게 하였습니다(웃음).

그 여성향 게임은 우리에게 가혹한 세계입니다—— 약칭 「그 세 계」는 원래는 앙케트 특전이 토대로 되어 있습니다.

처음에는 서적화할 때는 가필하여 출판한다는 방침이었습니다.

이번 권은 앙케트 특전판에서 이야기를 너무 많이 부풀리고 만 결과, 대폭적인 가필이 필요해진 것이지요.

복사 붙여넣기를 거의 쓰지 못하고, 새로 쓰는 상태가 되어 버렸네요.

모처럼 서적화하는 것이니까 앙케트 특전에서 미처 다 쓰지 못했던 부분을 추가하고 싶다고 생각한 결과이기에 저로서는 문제없었습니다.

본편 「여성향 게임은 모브에게 가혹한 세계입니다」에서 쓰지 못했던 클라리스와 질크의 관계도 쓰고 싶었고요.

다음은 디어드리입니다.

처음에는 서적화하면서 추가 캐릭터로서 등장시켰습니다만, 생각했던 것보다도 개성적으로 캐릭터가 완성되어 쓰고 있자면 즐겁습니다.

본편 「모브세계」에서 등장이 늘어난 것도 이 때문입니다.

지금까지도 다른 작품의 서적화에서 캐릭터를 추가해 왔습니다만, 디어드리가 제일가는 성공 사례일지도 모르겠습니다.

그러면, 또 다음 권에서 만나 뵙도록 하지요!

그 여성향 게임은 우리에게 가혹한 세계입니다 4

2025년 2월 15일 1판 1쇄 발행

저   자 미시마 요무
일 러 스 트 토오이 모게
옮 긴 이 주승현
발   행   인 유재욱
이   사 조병권
출판본부장 박광운
편 집 2 팀 정영길 박치우 조찬희
편 집 3 팀 오준영 권진영 이소의 정지원
디자인랩팀 김보라
디지털사업팀 김경태 김지연 윤희진
콘텐츠기획팀 박상섭 강선화
라이츠사업팀 김정미 이윤서 임지윤
영업마케팅팀 최원석 이다은 윤아림
물   류   팀 허석용 백철기
경영지원팀 최정연
인쇄제작처 ㈜코리아피엔피
발   행   처 ㈜소미미디어
등   록 제2015-000008호
주   소 서울시 마포구 토정로222, 502호 (신수동, 한국출판콘텐츠센터)
판매 및 마케팅 (070) 8822-2301

ISBN 979-11-384-8589-0
ISBN 979-11-384-7880-9 (세트)